浅喜欢

汪晴川/著

告别《年华烟然》
汪晴川再现90后草样年华
我们的青春流连在那些年
浅浅的喜欢里

九州出版社
JIUZHOUPRESS

图书在版编目（CIP）数据

浅喜欢/汪晴川著.—北京：九州出版社，2012.9
ISBN 978-7-5108-1659-8

Ⅰ.①浅… Ⅱ.①汪… Ⅲ.①长篇小说—中国—当代 Ⅳ.①I247.5

中国版本图书馆CIP数据核字（2012）第211745号

浅喜欢

作　　者	汪晴川　著
出版发行	九州出版社
出 版 人	徐尚定
地　　址	北京市西城区阜外大街甲35号（100037）
发行电话	（010）68992190/2/3/5/6
网　　址	www.jiuzhoupress.com
电子信箱	jiuzhou@jiuzhoupress.com
印　　刷	北京紫瑞利印刷有限公司
开　　本	880毫米×1230毫米　32开
印　　张	7
字　　数	117千字
版　　次	2012年9月第1版
印　　次	2012年9月第1次印刷
书　　号	ISBN 978-7-5108-1659-8
定　　价	25.00元

目 录

秋 游 / 023

纫秋兰以为佩，餐秋菊之落英

那个时刻，心里一片幸福。不去想永远那么远，只想留在她附近那么近。很想看看左边的阮明今，只是我没有那个勇气，只好一次次假装看左边的风景。

天使行动 / 032

行动激清音以感余，愿接膝以交言

我总是觉得自己整个大一的每一分每一秒都浸透了她的气息。也许是因为她所做的事，所说过的话，我总是容易放在心上。

生 日 / 040

沅有芷兮澧有兰，思公子兮未敢言

我总是有这样的习惯，在一个人的时候喜欢一遍遍读她发给我的短信。哪怕仅仅是和工作有关。

失 恋 / 055

悲莫悲兮生别离，乐莫乐兮新相知

时间会治愈一切，只要给时间一点时间。

世博慰问 / 069

思宵梦以从之，神飘飘而不安

想起以前的生活，多好啊。光棍节一起出去喝酒，吼吼寂寞，看看美女图片。指着一个你可能永远都配不上的人说，这女人好难看。不用天天考虑别人的感受，猜她开不开心，想明天去哪里，害怕冷场找话题。

散伙饭 / 087

可班荆兮憎恨，惟樽酒兮叙悲

这么多年，我从来没有怀疑过，未来我儿子的妈妈，我孙子的奶奶是她。

支 教 / 096

驱征马而不顾，见行尘之时起

阮明分问我有什么愿望。我说下辈子投胎做个女人，然后嫁给像我这样的男人。她说你正经点。我说和一个很好的女孩子心安理得地结婚。生两个孩子，一男一女。老了之后，去乡下和家人一起种桑葚。成熟的时候，寄给儿女们一份。听上去很平常的愿望，人总是难在心安理得。

军 训 / 105

浮长川而忘返，思绵绵而增慕

我喜欢这样的女生，会因为一句话而脸红。

世 博 / 116

郁青霞之奇意，入修夜之不旸

小鸡鸡的生活几乎完全被游戏和成悦占据了，除了专业课之外不是翘掉就是睡觉。有一次刚睡醒，闭着眼睛摸了摸课桌，突然说："我操，键盘呢？"

期 末 / 134

对庭鸥之双舞，瞻云雁之孤飞

拉着阮明兮的手绕着学校一圈圈地走。雪一直在下，在尚道楼美丽的阶梯上，阮明兮把羽绒衫的帽子拉了起来。我说不要。她问为什么。我说这样我们就能一直走到白头。

番外小鸡鸡篇

假期的第一天我就零乱地到了北京，给她打电话说我们出来谈谈吧。她说你要干嘛。我说我在你们学校大门口等你。也许因为我从小到大看过了太多本小说和电视剧了，严重地影响了我对现实的判断。我以为她很有可能会打消分手的念头，至少会哭几声意思一下，再至少也会表扬我几句，比如你是个好人。最后的结局是，十分钟之后，她给我发了一条短信：还是不要见了。我对不起你。你回去吧。

番外蚊子篇

也许我很久很久都会孤身一人。然后和另一个仓促的女生仓促地结婚。在我最好的时光里，我却消费不起爱情。

番外老贼篇

你凭什么自信?

开　学

　　我叫于牧之，K大建筑系大二学生。学校的大门口和大多数的大学一样都有一座毛主席的雕像。雕像的右后方是百年校庆的时候斥资上亿修建的连体大楼尚道楼。尚道楼有两个特点，一个是直，另一个是高。这种高楼一般免不了两种命运，一个是被用来跳楼，另一个是被说成像棺材。但是尚道楼的底部很漂亮，有一排雄浑的罗马柱和细密的白色台阶，那是学校里我最喜欢的地方。

　　在雄伟的尚道楼身前，有两排很有历史沉重感的低矮建筑，其中坐落着我的宿舍楼，2号楼。2号楼青砖青瓦，所以就叫青楼。学校为了避嫌，每年都把男生安排到这方圆几十里最破的地方来住。青楼的身后有一片草地，种了几棵树。每学期都有女生把男生叫下来，然后在这里说要分手。所以这片草地就叫绝情谷。

2号楼怎么看都是一副要塌的样子，我在外面徘徊半天才痛下决心走了进去。寝室里一对父子正光着上身收拾房间。于是我认识了大学里的第一个同学，肖继军，社会学系，黑龙江人。肖继军所有的网名都叫鸡崽，所以熟一点之后我们也叫他鸡崽，再熟一点叫小鸡。后来在第一学期末的冬天，他一边搓手一边说："快关窗呀，小鸡鸡都要冻断掉了。"从此我们就叫他小鸡鸡。

寝室表里如一地破旧，所有的东西上面都有一层细密的灰尘，灰蒙蒙的感觉让人觉得很压抑。只有几张生满铁锈的床，摇起来叮当作响，让房间多了一点生气，就像窗外的广告上写的那样：动感地带。倒是印证了那句话，K大就是条破船，2号楼就是这条破船上的末等舱。

每个人的名字都被贴在各自的床上，我分到了下铺，我的上铺叫胡天忻，被我冷不丁看成了胡天折。另一个桌子上堆满了书和写着英文的瓶瓶罐罐。一个枯瘦的形象立刻浮现在我的脑海，这一定是个苦苦看了12年书，形容枯槁的应试教育的牺牲品。

一会儿胡天忻和大烟男都回来了。胡天忻长得不算帅，但是话很多很多，有三个女朋友。所以他每天晚上都要把同样的笑话呀、关心呀什么的用同样的体贴、同样的热忱讲给不同的女人听。他说这没什么，人年轻的时候就应该过这样的生活。胡天忻学的是软件工程，一直被人误以为是计算机学院的，所以一般叫他计男。后来班级厨艺大赛的时候，他施展妙手做了一次啤酒酱鸭。做的时候接女朋友的电话。女朋友问他在干嘛。他说我在做鸭子。所以我们有时候也会叫他鸭子。看到胡天忻之后我才发现，真正的情场高手可能并不一定长得像情场高手，甚至可以像他这样有点忠厚老实的感觉。可能这种外貌更能骗取女生的信任吧。而大烟男，他叫明磊，肌肉发达得像只粽子。后来我才知道那些瓶瓶罐罐是隐形眼镜的护理液。明磊也是土木工程的，我为此感到很开心。

　　早上起床的第一顿饭当然是在本部食堂吃的，K大有很多食堂，本食啊、南食啊、北食啊还有五六教食堂。食堂的饭菜质量直接反应在周围的野猫身上，南区的猫一般都瘦不拉叽比蟑螂重不了几斤，出门提心吊胆怕被附近的耗子捉着吃了。北区的却统统成了长着猫脸的猪。夹在中间的本食除了人最多之外了无特色，但是因为有两道感应电梯连接着一楼二楼，本食居然当选了全国十大最豪华食堂。让我不禁怀疑其他学校的同学们是不是都是端着碗蹲在地上吃饭的。

浅喜欢

　　我所在的班是09404，隶属于希哲书院。K大新生进校之后并不马上分到各个院系，而是在大一的时候杂居在一起。校长说是为了促进各专业间的了解，不能把学生仅仅局限在自己的领域内。（后来貌似数院的老师们反映数院的学生在与文科生杂居之后，平均绩点明显下降。因此强烈要求复辟。）所以大一一共分成四个书院：六如、希哲、昌谷、征明。应该是抄袭哈利波特的创意，连书院的代表颜色都是一样的。希哲书院服的领子和袖子都是绿色的，算是史莱哲林吧。因为样式土气，书院服的寿命几乎和安全套一样短，用过一次就找不到了。唯一的创意集中在领子和袖子的颜色上，表达了校方对K大同学们成为未来领袖人物的殷切期望。

　　吃完早饭之后，各班被拉到学校的体育馆进行新生入学教育，培养对K大的归属感。教材是凤凰卫视为学校百年校庆拍摄的纪录片，看完之后的确有激动得热泪盈眶的感觉。但也许真正教育我们的是中午去本食的路上，尚道楼在召开金融房地产业校友大会，楼下停满着各种豪车。在那里我平生第一次看到了劳斯莱斯，看到了法拉利，看到了玛莎拉蒂。第二天的人人上充斥着这些豪华车和豪华牌照的照片。那是我第一次感觉到，随着时间的推移，社会衡量我们价值的单位在改变。过去是分数，未来是金钱。

| 开 学 |

　　每年的这个时候，本超、本食门口都挤满了人和传单，学校的各种集体纷纷圈地招新。本部超市正对着一个十字路口，绿灯亮的时候便会放一群下课去吃饭的学生进来。手握招新表格的学长学姐们满眼紧张与期待，简直像是在打僵尸：一大拨僵尸正在靠近。然后学长把传单发给学妹，学姐发给学弟。满嘴甜言蜜语地把新生们勾上各自的"贼船"。其实招新就像传销，找一群小弟来给自己这个当年的小弟当小弟，如此周而复始。我和小鸡鸡挤在人群里面，手上已经收了一叠招新的传单准备回去折纸飞机用。而在我前方不远的地方，一个明显昨天没洗头的男人正在拉扯着一个异常漂亮的女生填报名表。垂肩的长发，稍微一点点天然的卷起。而看到她的时候的感觉，就像初夏的某一天，当你拉开窗帘，看见天空很蓝很蓝，云朵很白很白，阳光轻轻地照在脸上。温暖之后所有的时间。

　　"哇，好漂亮啊！"我激动地拍打着小鸡鸡说。

　　"嗯？哪个，哪个？"小鸡鸡迅即沿着我的目光寻找。

　　"那边那边……哎，看不到了都。"在发现美女方面小鸡鸡明显没有我敏感，也许是因为他已经有女朋友了吧。而且感情很稳定的样子，至少小鸡鸡的感情，我可以感觉得到。

一种对美的追求促使我拉着小鸡鸡去到那个摊位前面准备报名，步伐像被狗撵了一样快。一个学姐立刻像从侧面冲过来对着小鸡鸡说："哎！这位同学。看你这么有气质的。来报名我们学生资助服务部吧。"

"那啥，这个部门是干什么的啊？"我问。

"我们是给同学们办理助学贷款的。"没洗头学长满脸爱心地回答。

"对哦，我们的工作经常要和银行打交道。对锻炼你们的能力很有好处的哦。"学姐马上补充道。一学期之后，我知道他们在骗人。一学期之后，我也拿这段骗别人。但是既然那个大美女都报名了，我报名报得义无反顾。哪怕这个学生资助服务部是挖煤的也没关系。

回寝室的路上小鸡鸡乐滋滋地对我说："学姐说我有气质哎。"

其实那时候的小鸡鸡还不明白，没有气质也是一种气质。

学生资助服务部的面试对我来说并没有太大的难度，因为我是男生，而K大到处都缺男人。在老大面前尽力装出一副人畜无害的样子，几天之后就收到了录用通知。

| 开 学 |

又过了两天是新老员工的见面会。我拉着小鸡鸡春情荡漾地奔向春熙楼。新员工们的自我介绍上，我知道了她叫阮明兮，材料系。我能读懂当她走上台时，台下轻轻的短暂的嗡嗡声里的含义。我看见她的眼睛，明澈得像金星一样。像是我永生不得相遇的海。只是她的美好，让我对现在的自己感到羞愧。

回到寝室，我和小鸡鸡捂着胸口摇着头对明磊说："受不了了，太漂亮了。"明磊问阮明兮是什么类型的，萝莉还是御姐。小鸡鸡想了很久告诉他是女主角型的。明磊对胡天忻说："牧之已经看上了，你不要去抢啊。"胡天忻说："我不会抢兄弟的女人，那……太受不了啦。"胡天忻和明磊讲话都有这个特点，就是强调的时候喜欢把开头的"那"拖得很长。

于是话题立刻从阮明兮转到了胡天忻的身上。胡天忻说只要自己愿意，世界上没有一只母鸡能逃得出他的手掌心。所以他现在关注的已经不是怎么追的问题了。只要锄头挥得好，没有挖不倒的墙角。所以他目前关注的是追到之后如何管理，怎样让女朋友们不至于追尾。

最后胡天忻让我们不要说出去，我们都答应了。很正常的选择吧。但是一年之后看到女生因为他而流泪，心里总是觉得有些愧疚。对黑暗的默许就是同谋，是吗？

　　知道阮明兮名字之后的下一件事情就是去加她的人人。在青楼上网是一件很困难的事情，青楼几乎是K大唯一没有WiFi信号的地方，也没有网线插口。只有两个地方能上网，一个是面朝尚道楼的厕所。尚道楼强大的无线信号以尚道楼为圆心作圆扩散开来，青楼正好就是那条切线，厕所则是那个切点。

　　另一个则是我的桌子。从203寝室往外看是管理学院的两幢豪华大楼，乐天楼和摩诘楼。乐天楼其实一点都不乐天，设计得很人性化的凸出来的露台让它成为了远近闻名的跳楼胜地，甚至还有其他学校的同学慕名前来。为了杜绝此类现象的发生，学校对考场做了精心的安排。比如高数这种比较令人崩溃的都放在一楼考，以防有人考到一半直接爬窗户跳。马基、毛概这种比较轻松的才放在高层。对我们来说乐天楼的意义就在于他的无线信号，青楼不幸又成了切线，切点则是203寝室的我的桌子。只可惜乐天楼的信号一过中午就星星之火不能燎原，只能用来挂QQ和上百度。

　　现在已经是晚上了，所以我第二天上课才上人人加阮明兮为好友。其实自从校内改成人人之后，我就叫他人二网了。阮明兮的校内有访问限制，头像也只是一片蓝色的天空。我很开心我们喜欢一件同样的东西。后来她通过了我的申请，我注意了一下她的特别好友，是一个叫成悦的女生。虽然不对自己抱有希望，但看到的时候还是有种松弛一点的感觉。

　　每次上完人人都会顺带看一下学校的邮箱，资服的当班表已经排好了。我被安排在周三中午，居然是和阮明兮一起！那种狂喜，甚至超过了被K大预录取的时候。整整一个学期啊，这个学期的每个周三我都可以和她当班一小时。其实我是一个很淡定的人，被K大预录取的时候，第一次在书店看到自己写的小说的时候，都只是一笑而已。也许是因为对于那样的结局，我已经预料很久了。所以不会具备像今天这样的冲击力，决堤般的狂喜。

　　正在人人上搜索各院系美女加为好友的明磊和胡天忻诧异地转过来问我笑什么，我羞涩地说："下午我们去逛街好哦?"

　　回到寝室之后，还觉得有点幸福得昏昏沉沉。我用力掐了小鸡鸡一下，他跳起来说好痛，我这才相信自己不是在做梦。晚上睡觉的时候小鸡鸡突然说："虽然你身上流着我的血，但是我还是会毫不犹豫地干掉你。"我们都被吓了一跳，以为小鸡鸡现在急着要打胎。我说你要干嘛？小鸡鸡说："蚊子。"

因为心情激动，我提前10分钟就到了资服，发现自己居然是去得最晚的一个。老大和阮明兮都已经开始聊天了。但真正的居然是我们都穿着条纹衫。只是她的那件是深蓝和白色相间的，线条也更加细密一点。今年条纹衫很流行，但是第一天就撞衫，我忍不住得瑟地暗笑。

老大说："喔唷！第一天就穿情侣衫啊！我要写到灌水本上去。"灌水本是资服传播绯闻的平台，默许并且鼓励各种造谣行为。随便翻开的一页是以前学长留下的灌水：今天材料系的好男人们献血啦。大家快去慰问下吧。女生慰问的时候可以奔放点，献点啥也行。

我瞥了阮明兮一眼，她的目光飞速从我的身旁经过，就又回到摊开的书本上，脸上挂着些许尴尬的笑意。我从那表情里面没有读出厌恶，稍微放心一点坐了下来。

老大特意介绍我们认识，就像我们后来特意介绍新的小朋友们认识一样。老大说我的小说在上海书城有卖，阮明兮微笑着表示了惊喜。但是从她的眼睛里我却读不到好奇。

| 开 学 |

那个时刻我觉得非常的失望，哪怕已在意料之中。我一直在想，自己18岁之前做过什么事情？考上了K大，这在K大什么都不算。混在外面踢野球，又不能像小鸡鸡那样踢爆众生。最后就是这本还不温不火的小说了，可是我能从她的眼神里面得到的，只有失落和对18年庸庸碌碌生活的自责。

我不知道老大有没有读懂阮明兮的眼睛和我的眼睛，但我确信她有很仔细地看我。因为她说我的眼睫毛比女生还长，想帮我刷点睫毛膏。我说："那是，老衲法号帅哥。"一直以来，我都很感激这句话。因为我说完之后，阮明兮噗的一声笑了出来，所以我也开始放松了。否则我无法想象，如果整整一个学期都拘谨严肃像个傻逼一样挺着腰坐在她面前是什么感觉。其实大部分人都不想严肃，严肃只是找不到笑的理由。

那天我们聊得很high，说自己高中时候的事情。我很喜欢看她凝听时候的样子，那种几乎要弥漫一生的淡淡的甜美。她认真看我的目光，让我从来没有过地那么真切地感受到自己的存在。

新生杯篮球赛

　　第二周开始就是K大的新生杯，我是09404班的先发控卫。赛前一个小时我和小鸡鸡去场地做热身投篮，我骚不拉叽地穿着球衣，小鸡鸡披了一个麻袋就跟出来了。

　　那天的手感很好。好像自己的手掌已经融化，和篮球融为一体。很快，连续10个中投进框。就这样投了一会儿，一个不进的球崩到场外。一个女生走过来弯腰把球捡起抱在手上微笑着看着我，然后用很笨拙的姿势把篮球扔过来。

　　我视力不好，还不喜欢戴眼镜。但是看到那个优雅的轮廓我就知道那一定是阮明兮。突然站在她的面前，我有种不知所措的感觉。幸好篮球滚过来了，一个熟悉的事物，让我的意识回到现实世界。"谢谢。"我微笑着点了点头，又走近了一点。因为紧张，声音有些颤抖还有些结巴。从她的目光里我可以看出她还是认识我的，心里有些开心。

"哇。你投篮好准哦！"

飘起来了。一时间我幸福得不知道怎么回答。

"没想到你会打球啊……就是说，你看上去很书生的嘛。"

"好像大家都这么说的。我已经很努力地在改正了。"

其实我当时是严肃的，不过阮明兮却似乎把它当成笑话来听。踮了踮脚笑着说："恩。一会儿比赛加油哦。"

那天才知道原来阮明兮和我是一个班的，至于为什么班级见面会的时候没有看到她，却成了我心中的一个疑问。我来不及多想就开始继续投篮，余光时不时难以自制地扫到她所在的方向。在我心里，校园每个有她的角落，都是我难以释怀的风景。

比赛不久在哨声中开始。从一开始我们就没有抱赢球的希望。因为对面有个黑人。我们的中锋在他面前简直就是一只塑料袋。一强打，四个人围上去捂都捂不住。最后我猜对了结局，却没有猜对过程。那人真正致命的地方在于——他有狐臭。那是我第一次闻到狐臭的味道，说不出来什么感觉，闷闷的、沉沉的、回环婉转，不像一般的臭味那样明快，却更恶心一点，就是让人想吐。

浅喜欢

　　但是大部分的时间里，留在场上都是一个幸福的过程。站在三分线附近把球投进的时候，不用回头，都会知道她一定在看着我。最后甚至连运气都变得很好，下半场接连进了一个打板中投和三分。在从未停息的嘈杂中我隐约能听见她的欢呼。我想不出有什么比这更幸福的事。

　　比赛最后没什么悬念地输掉，但是胜负对我来说并不重要，我所关心的仅仅是场下的她。我得了全队三分之一多的分数，当然其实也只有13分。比赛结束的时候，女生们给队员们送水，阮明兮跑过来递给我一瓶佳得乐，说我打得很好。这句话让我的幸福里夹杂着些许的羞愧，因为其实远远不够好。小鸡鸡说过，要努力，为了自己的奥迪老婆的迪奥小孩的奥利奥。我很努力了，但是很多很多的事情，并不是努力了就能做到。

　　回寝室的路上小鸡鸡不幸捡到了一块钱，所以我们逼着他晚上请客。小鸡鸡拼死反抗，就差拿把剪刀抵在自己的喉咙上说你们不要逼我了。最后他把祸水引到我的身上，说阮明兮给我递水了，应该我请。我说要钱没有，要命不给。于是最后变成了四个人AA制出去撮一顿。小鸡鸡说想吃老家的东北菜，于是我们就去了附近一家东北饭店。

　　胡天忻看了菜谱之后食指大动，一个人点了一堆。明磊又要了几瓶啤酒。作为东北人，小鸡鸡还叫了白的。大坏蛋胡天忻对白酒的量毫无概念。那天他点了一堆菜准备吃，自己最后连筷子都没摸到就昏过去了。回去之后一个人趴在床上游泳。

　　胡天忻还有意识的时候一直在鼓励我去追阮明兮，他说阮明兮是联谊委员，让我嫁个好人家，他们也能联个好寝室。我说原来你们要送我去和亲。

　　周一回资服，办公室里只有双助经理一个人。双助经理是物理系的学长，道号老贼。
　　"这什么东西啊？"
　　"八卦图。"
　　晕，原来描述男生女生八卦关系的图叫八卦图。图的左上角我和阮明兮的名字之间画了一条双向的箭头，大概是互相欣赏的意思。小鸡鸡则和一个叫杨青珊的社会学MM连在一起。杨青珊是个超级超级内向羞涩的女生，和二二的小鸡鸡其实很般配，人也很漂亮，小鸡鸡其实努力看看也蛮帅的。当然我觉得他们不可能。小鸡鸡是个很忠贞的男人。他和我一起入选了希哲书院足球的院系队。他的足球比我强太多太多，每场比赛结束的时候手机里都会有一堆陌生号码的女生短信。小鸡鸡在我面前炫耀一番之后就全部删除了。对他来说，有所不爱是因为有所深爱。因为没有人知道这一层，所以小鸡鸡那里还有一根箭头煞有介事地指向阮明兮，不过是单向的。八卦图的旁边用红笔写了一句：不断更新中。

　　小鸡鸡和杨青珊之间我觉得的不可能很快就化为可能。十一长假到了，小鸡鸡突然说他要去北京，因为他在北京的女朋友看上了一个体育学院的肌肉男，所以向他提出了分手。小鸡鸡不能理解自己做错了什么，我们也不能理解那个肌肉男比小鸡鸡好在什么地方。可能原因只是两人隔得太远了吧。爱情就像火焰，距离就像风，让炽烈的燎原，让柔弱的湮灭。或者说几乎所有的分手都只有一个理由，那就是不够爱了。

　　关于小鸡鸡在北京的细节我一直不知道，有传言说当小鸡鸡去北京找到体育学院的男生要单挑的时候，发现自己的大腿还没对方胳膊粗，马上跪在地上喊英雄。从传言的风格上来看，很容易就知道是胡天忻没事的时候在乱讲。

　　然后我才想起小鸡鸡的失恋并不是没有征兆。两周之前他说，聊天的时候只会说"哦。""呵呵。"神马的最不好了。后来我回复说哦，明磊说呵呵。也许那时候小鸡鸡就已经开始被人冷淡了。

小鸡鸡在北京的三天只换回满腔感叹，我让小鸡鸡对那个女人说，会有傻逼替我爱你。胡天忻安慰小鸡鸡说，世上三大好事：升官、发财、死老婆。他听了终于笑了。

资服每年这个时候的业务都会超级繁忙，因为所有贷款的审核登记都要在这一个月的时间里面办完。申请贷款的学生一路排到了旁边的家教部，一些人顺便也在那里接一份家教。相对于学生的消费来说，家教是一份非常丰厚的经济来源。

作为一个大一的小朋友，工作总是比较机械化一点，有什么问题可以问老大或者业务经理，就是当初那个拉阮明兮进资服的男人。从入伙的第一天起，给我们发工资的财神姐姐就叫他蚊子，所以我也跟着这样叫。蚊子在资服飞扬跋扈，逼我们喊他蚊哥，那些和他有些纯粹胡扯级绯闻的美眉们都叫蚊女郎。有一次他夸阮明兮是K大之花，这个名字后来不知道怎么回事成了他的绰号。连家教部的明磊都知道他就是那朵盛开在资服的霸王花。

我想蚊子一直是喜欢阮明兮的，从遇到她的第一天开始。不管部门里面熙熙攘攘挤了多少人，不管蚊子在干什么，只要阮明兮轻轻问一个问题。他必然会以猛虎下山之势扑过去，温柔地解答。但不管怎么样，蚊子是我最钦佩的男人之一。我从来没有见过有谁的工作能力比他更强，或许老贼可以吧。在资服很好的一点就是总可以遇到能作为榜样的前辈们。

我不希望自己的工作能力看起来和蚊子差太多，所以当贷款工作收尾的时候。我的业务效率是全部门仅次于蚊子的人。为了庆祝贷款月结束，大家可以专注于八卦工作，蚊子请我们贷款干事出去吃饭。顺便叫上了财神姐姐、文化姐姐、内务姐姐。地点选在南区步行街的阿康烧烤。

"哟，蚊子来啦。这头理得……"老贼瞥了蚊子一眼。

"理得真落魄。"文化姐姐完全无视蚊子期盼的眼神。

"有那么丑吗？我们蚊哥……真是……花样美男一只啊。"小鸡鸡说。

"滚你的花样美男……花甲美男差不多。"老贼立刻纠正。

"没有啦，没有啦，我们蚊哥少女杀手啊。出门都是晒目光浴的。"我说。

"什么少女杀手，蚊哥喜欢骚的。"老贼继续纠正。

"谁喜欢骚的？！"蚊子愤怒地瞪了老贼一眼。

"上次六教看到的那个，骚不骚？你在寝室说到现在！"

"我那是叫你去追呀。"

"明明是你看上的。我都跟你说了。这个娶回来也是给别人用的。你还天天要讲她，明明是你自己喜欢。"

"唉？老贼有喜欢的女生吗？"文化姐姐扭过头去问蚊子。

现在的局势很明朗了。蚊子和老贼这兄弟已经做不下去了，马上就要你捅我一刀我捅你一刀了。

"有！当然有！"蚊子激动得几乎要从椅子上弹起来。

老贼难得尴尬地看着蚊子不说话。我们也是那时候才知道原来蚊子和老贼在他们老家是神话般的存在。同村的两个人同时考进K大。老贼老家就有一个女朋友，叫陈小碧，在苏州大学读书。用蚊子的话说就是太漂亮了，跟老贼太不般配了，传出来连他们村的狗都反对。于是老贼就这样超脱于数学系男女比例一比七的性别结构而淡然地存在。

吃着吃着，文化姐姐说我们来玩打电话吧。贷款干事大部分都是新员工，不知道电话也能用来玩。所谓的打电话其实就是要人。比如一个女生打电话给男生说："来我家吧，家里没人。"等男生冲过去之后才发现，原来真的没人。文化姐姐直接拿蚊子举例子，在他的手机里随便找个号码，拨通之后问："我在路上捡到一个手机，我看手机通讯录里这一栏是亲爱的嘛，所以就给你打电话了。有空来拿手机吗？"

后来轮到了我，他们逼我打电话给阮明兮，我负隅顽抗了一分钟就被迫答应了。

"喂，是明兮吗？"

"是，你是？"

"饭做好了，赶快回家吃饭。"

"你是谁啊？"

"饭做好了，你赶快回来。"

"是不是聚会吃饭啊？你哪里的？"

"不是聚会，是家。"

"你是？"

"赶快回来给孩子喂奶。"

"你是谁啊？再不说我挂了啊。你是不是蚊子啊？"

"……是……我是蚊子。赶快回家吃饭。"

"啊！你是牧之吧？"

"呃……我是牧之。呃……嗯……其实……我知道部门有很多男生喜欢你。"

"啊？？？不会吧？？"

"蚊子喜欢你，小鸡鸡也喜欢你。但是……但其实……最喜欢你的人是我。"

"呵呵，你们是不是在玩真心话大冒险啊？"

"嗯，对啊，我说的是真心话。"

阮明兮熟悉的笑声从电话的另一头传来，我笑着跟她解释了，然后她笑着说再见。但是我觉得心里有一点点沉重的感觉。认识阮明兮已经有一个多月的时间了，我们一起工作一起谈笑风生，我觉得我们已经是很好的朋友了。今天才知道，原来她的手机里并没有我的号码。世界上最伤人的事情就是你瞻前顾后，写了又删，删了又写，终于一条短信过去，别人回复你"你是？"。我有些伤心，自己依然是她的世界里的边缘人。

第二天我们像往常一样地当班，她没有来解释什么。一则她没有这个义务，二则解释就像缝缝补补，即便是缝补，也要再经历刺痛。几天之后，她来看了我的人人主页，虽然什么都没有留下，但是我觉得很开心。还记得那时候自己的人人状态是我某日兽性大发吟出来的一首小诗：

浅喜欢

孤灯照明镜，只影上高台。拥衾忽觉夜凉，春心半夜徘徊。修眉已似远山，离恨恰如沧海。对花对酒，一枝如玉为谁开。

老贼说，拥衾忽觉夜凉，这是红果果的求合体。

后来她加我为飞信好友，再后来的某一天，她发短信给我要代班。用手机发的，我觉得很激动。

秋　游

　　十一已经结束很多天了，小鸡鸡的笑容看起来也不那么惨淡了。也许就像小鸡鸡说过的，难过过了，快乐就快了。因为是周四，宿舍阿姨要卫生检查，我和小鸡鸡特意叠了被子。我们每个周四早上都要清理一次寝室，约好了找到的1块钱归我，5毛归明磊，1毛归小鸡鸡。但是每次的结果都是能捡到一堆1毛，偶尔能捡到5毛，1块的几乎没有。我们收拾寝室的时候胡天忻有时会敷一敷面膜，我说哇，你敷面膜的时候变帅了耶。他说风太大，我听不见。

　　大扫除的核心工作就是捡钱，等钱捡完了剩下的我们也不认真看就丢到楼梯口的垃圾桶。对寝的门是坏的，即便锁上了用力一推就能推开，所以如果对寝没人的话，我们就推门扔到对寝，这样可以少走很多路。我不知道卫生评分究竟有什么用，但是我们203寝室的得分总是很高。一方面因为我们看到阿姨会主动打招呼，另一方面203是那一层里面臭味最淡的一间。像210啊什么的，每次路过那里，进入厕所我都觉得是种解脱。

大部分周四的上午胡天忻都不会去上课，我们班有很多软工的男生，为了提高效率，他们每次推举一个人去就可以了。大一上的时候小鸡鸡会的游戏还只有偷菜，所以很少翘课。周四中午才回到寝室，然后占着我的桌子挂QQ，挂了很久很久，他的企鹅终于高中毕业了。

小鸡鸡的企鹅在学习的时候，他本人一般躺在床上睡午觉。而我没有午睡的习惯，就帮他照看QQ上有没有美女来搭讪，或者他搭讪的美女有没有鸟他。小鸡鸡的QQ名叫拒绝，所以我们都叫他巨色。四个人中唯一在认真学习的就只有明磊了。小鸡鸡总是说明磊读书太认真，而我不知道，究竟是他太认真，还是我们太懒惰。整个慵懒的中午，我不知道自己究竟做了什么。心中有些惭愧。对于年轻来说，清闲是最大的罪过。也许因为才大一吧，也许因为还没有考试吧。

正在无所事事的时候，文化姐姐召唤我、阮明兮和另外几个小朋友晚上去部门商量下组织秋游的事情。我猜是准备为交接工作做准备了。因为下学期，老大副老大和几乎所有

秋 游

的中层经理们都会退休。

把策划大致做好之后学姐很nice地给我们买了奶茶和蛋糕。其实出来混的总是要还的，来年我们也要继续发扬学长精神，用同样的方式关怀下一代的小朋友。

周五晚上，我和阮明兮去沃尔玛采购第二天秋游需要的吃的。虽然不喜欢逛超市，但是和阮明兮一起推着购物车在货架之间穿行却是一种莫大的享受。我时而幻想未来的某些日子里，我们每个周五都可以这样穿行在哪怕烦躁之中。时而眼前的那辆购物车又幻化成了婴儿车，而她的脸上挂满母亲一样的初秋的微笑。走着走着，我稍微转了一下头，然后忍不住哧哧笑了出来。阮明兮问我干嘛。我说："刚才我看到旁边一个男生好像很帅的样子。所以我转过去看了一下。结果是面镜子。"阮明兮怔了一下，随即笑出声来说我是见鬼了。

从沃尔玛回学校的路我走得很慢很慢，反正她也没有催我。明天是阮明兮的生日，我希望自己会迷路，这样我就可以陪她走到18岁的第一天。十点钟的时候，她在春熙楼楼下和我说再见。其实我真的很想说我送你回寝室吧，但是我也知道自己真的没有那个勇气。回家之后上人人，我发现她发了一条状态，内容就是刚才我说的镜子的事情。让我发现，别人的喜欢，就是自己的幸福。

　　第二天的秋游地点选在附近的森林公园，在草地上坐定之后，文化姐姐说今天是阮明兮的生日，资服要送她一份生日礼物，然后让我来送。和阮明兮在资服待了这么久，这种单膝跪地什么的都是小意思，就当是宣誓主权了。送完礼物之后，文化姐姐递给我一个橘子，让我剥好喂给阮明兮吃。

　　其实我对这个也没什么意见，不过阮明兮含笑含羞说不要，我也只好再装一装矜持。于是小鸡鸡、老贼什么的就开始捏着我的肩膀把我往前推，推着推着才发现原来是我在拖着他们走。

　　为了方便喂食，我只好跪在阮明兮身边，小鸡鸡笑得花枝乱颤，恨不得在下面再垫块搓衣板。我很享受这样的时刻，可以仔细端详她的脸，美丽得像我们对人间所有的眷恋。剥开橘子，我仔细地把上面那些白色的东西都一条条撕下来，然后送进她的嘴里。她张嘴的那一刹那，我听见周围爆发出来的喧嚣。她丰润的嘴唇迟疑地张开，舌头自然伸出，舌尖轻轻地抵触。那是一种在她的身上很少见的性感的感觉，让我很想很想去亲一下。

秋 游

　　喂完一片之后，所有人起哄要继续喂。阮明兮扬起头羞赧地看着我笑了一下，我不知道自己当时是什么表情什么样子，用小鸡鸡的话说是口水流了一地。等吃完整个橘子的时候，我起身坐回老贼的旁边，瞥见蚊子的脸上带着艰难的笑意。

　　那一天最后一个活动是划船，船桨很快落在我和阮明兮的手上。小鸡鸡居然没有反抗，就躺在床尾装死尸。杨青珊挺着背坐着，显然她很有些拘谨和害羞，但是这在现在，是一种很珍贵的品质，我觉得很好。11月的月初，或许是公园里最美丽的时候，像一幅多彩的油画，或许只是我的心情太好。傍晚的细风带着阮明兮发丝的浅香抚摸着我的嗅觉。那个时刻，心里一片幸福。不去想永远那么远，只想留在她附近那么近。很想看看左边的阮明兮，只是我没有那个勇气，只好一次次假装看左边的风景。阳光照在她的发丝上，星星点点像碎钻一样闪耀着。我回头看了看杨青珊，她也看着我微笑。虽然不像阮明兮总是给我的那种阳光普照的感觉，不知道为什么似乎还有歉意在里面，但也蛮好看的。我侧过头问阮明兮冷不冷，她说一点都不冷，瞬间剥夺了我脱衣服的权利。

　　一切都很美好的时候，小鸡鸡晕船了。划到一半小鸡鸡突然说："靠岸！靠岸！我觉得我有点恶心。"我说我早就觉得你恶心了。

四个人下船一起坐在岸边的柳树下，阮明兮指着水边的一朵花问我："这是什么花呀？好漂亮呀。"

"是芙蓉吧。"我回答道。

"你怎么知道嗒？"

"我们老家有种啊。"

"哦。"阮明兮很可爱地嘟了嘟嘴。把头压在膝盖上看着远方。彼时彼刻，小鸡鸡和杨青珊在我心里显得很是多余。

看着岸边连绵的柳枝，我突然想给阮明兮编一个花环，但是心里总有点不好意思。所以我决定用左手和右手猜拳，右手赢了就编，左手赢了就不编。经过三局两胜和五局三胜之后，右手三比零赢了左手。所以我决定编。

"咦，你干嘛呀？"阮明兮很好奇地看着我手上的柳枝。

"编一个花环。"这是我很小就会的手艺。小时候看电影的时候，解放军常常头上会顶着那种草圈冲锋。当时学会了怎么编草圈，如今当然知道怎么编花环了。十一月的柳枝有些凋敝，但是我在上面嵌了很多蝴蝶兰遮盖起来，然后折了两朵木芙蓉编在一起。

阮明兮有些羞涩地把花环戴在头上，笑得像芙蓉一样漂亮。我看着她，情不自禁地说了句："芙蓉如面柳如眉。"真的很久没有这样文艺过了。阮明兮很不好意思地瞥了我一眼，转过身问杨青珊："青珊，好看吗？"

杨青珊一如既往地不说话，只是点了点头。小鸡鸡跑过来凑在我身边说了一句："高手！"那天心情真的很好，虽然弄坏了一些花花草草。临走的时候，阮明兮把花环拿在手上摆弄。我说花谢了就不好看了，然后把它挂在了树枝上。

12月就在眼前，每周排练三四次合唱的日子终于要熬到头了。"一二·九"合唱是K大的传统活动，目的是纪念"一二·九"运动。纪念方式是各个院系派一批学生来唱歌，然后结束。

10月份的时候希哲书院文艺部的人就已经安排了试音。因为在文艺部没有熟人帮忙，试音的时候又自残未遂，最后我和明磊双双被选进了"一二·九"合唱队。指挥是一个上了年纪的老奶奶，原本以为老奶奶肯定是慈眉善目，把我们当孙子一样照顾。没想到这个老奶奶精力堪比少奶奶，把我们当孙子一样收拾。一周排练三四次，每次一个下午。

像牲口一样吼了半个多月，我终于觉得扛不住了，这时

浅喜欢

候惊喜地发现了一个症状，就是嘴巴张大会痛。我满怀期望地去校医院检查，医生说没事，是什么什么综合症，稍微休息几天就好了。我觉得这个名字很有发掘的潜力，所以打报告说自己罹患某某综合症，只能含恨退出"一二·九"，可惜未蒙恩准。从此每天都要被关在排练室里和一群人装神弄鬼唱《彩虹》。之所以说装神弄鬼，因为那首《彩虹》是不知道谁写的艺术歌曲。从头到尾绕来绕去，令人仿佛置身盘丝洞。到现在我只记得第一句，彩哎哎哎哎虹嗡嗡嗡嗡，美丽的彩哎霭霭虹嗡嗡嗡。

时间终于缓慢地走到了12月1日那一天，"一二·九"合唱的初赛。上场之前，少奶奶给我们打气说凡是她指挥的，最后肯定全校前三，今天就当热身，肯定第一。我想也是，练了这么久，今天又这么郎才女貌的。男生黑西装，女生红旗袍。希哲怎么可能不前三。

我们排在第四个出场，少奶奶关照我们要唱出仙境的感觉，于是我们果然把半月楼唱得云雾缭绕、狼烟四起。唱完之后，评委们纷纷亮出了全场最高分。少奶奶得意地说："看吧。第一咯。"

排在我们后面的是法学院，结束之后评委打分。然后少奶奶轻轻叹了一口气："哎，第二了。"

……

"嗯？？？第三了？"

……

"第四了？？？"

……

"第五？这帮评委怎么搞的？回去了！回去了！搞不清楚的一帮人。"

当时少奶奶的表情充满仇恨，就是如果不是打不过就要把评委一个个切了喂狗的样子。但是什么都挽救不了希哲预赛就出局的结果。只是对我来说，进不进都好。明磊有句话说得很有道理："什么事都是好事。"

天使行动

　　"一二·九"纪念活动之后，天气突然冷了起来。小鸡鸡明显对上海的冬天缺乏认识，白天恨不得裹着被子出门，晚上又往其他人的床上蹭。我说再动我们喊城管啦，他这才消停下来。本来以为上海房价贵，寒潮买不起房子，住几天就要走。没想到一冷就暖不起来了，小鸡鸡每天像个蚕蛹一样裹着被子蜷缩成平时三分之一大小睡觉。其他人每天睡前也都要写个死循环把电脑放在被窝里面捂半天才敢进去。后来我去买了一床电热毯，虽然我知道如果有一天尿床了就会被电死，但是电死总比冻死好。许多人凑在2号楼楼下打热水，热水流得那叫个慢啊。

　　在我心里，耐冷的动物只有两种，熊和女人。当我们男人哆哆嗦嗦，连窗帘都想扯下来裹在身上的时候，女生依然不依不饶地穿着丝袜和环卫工人们一起美化市容。这是个穿白棉裤的冻死了，穿黑丝袜的还活着的时代。

因为天冷，起床成了一件异常痛苦的事情。没有别的事情的话，我们都会睡到被子天然冷。明磊上课要抢第一排，所以总是最早一个出门的。因为被子比较薄，一般第二个起来的会是小鸡鸡，满脸的哀怨和神志不清的样子。因此代刷晨练的事情一般也落在了他们身上。刷晨练用的是K大的校园一卡通，上面有照片和学号。而我的一卡通在我的精心打磨下，头像已经成了一片白色，学号只剩下09两个数字，几乎不会有被老师发现的风险。

而此时资服进入了空闲期，当班人数也从三人减到两人。所以阮明兮经常可以明目张胆地把我的杯子拿去捂手。我也很喜欢当杯子回到我手中时，那股淡淡的香味。

其实我和阮明兮每周只有一个小时的时间是在一起当班的，但我总是觉得自己整个大一的每一分每一秒都浸透了她的气息。也许是因为她所做的事，所说过的话，我总是容易放在心上。总是可以在人人上看到她的身影，分享的相册、状态和日志，和其他人的玩闹。这些都让我觉得，她一刻也未曾离开过。学期末的时候她攒RP发了一个点名日志，最后把我作为她的关联好友。虽然我依旧没有回这种点名日志，但是却给了我整整一个多月的好心情。

　　同时天使行动也开始了，我一直不知道应该给她送什么礼物比较好。

　　天使行动是部门的传统活动，文化经理会把每个人的名字写在纸条上放进纸盒里。然后男生去抽女生的签盒，女生去抽男生的签盒。抽到的人是被抽的人的天使，要送她一份礼物。其实八卦真正的意义就在于此，很多事情你想做却不敢做，八卦却可以给你这种勇气，因为感觉上是别人逼你的。

　　抽签的时候是小鸡鸡抽到的阮明兮，不过他很知趣地主动跟我换了。因为彼此很熟，我连虚伪的推辞都没有做。

　　想了很久，我决定给阮明兮弹钢琴。K大周围的琴行虽然烂，但总是爆满，我只好蹬了30分钟车去兰溪校区。拨通阮明兮的电话，我说："喂，我是牧之。现在有空吗？我是你的天使。我想给你弹段钢琴。"阮明兮说好，然后我就把自己的手机放在谱架上开始一首首地弹。弹了十分钟的样子，阮明兮说她很开心，坐在兰溪的湖边，听我弹琴。我说我也在兰溪，我去找你吧。她说好。

　　看到阮明兮的时候她坐在湖边的长椅上对我招手，背后是沉静的落日。我不知道怎么会有人能笑得那么好看。我和她并肩走在那条铺满厚厚银杏叶的路上，不说话也不觉得尴尬。除了蔚蓝的天空之外，一切都染成了辉煌的金色，金色的落日，金色的道路，金色的湖水，金色的建筑，金色的兰溪，我要度过三年的地方。温暖的道路远远地向前延伸，只可惜远远不够漫长。我忍不住会想，未来会不会有那么一年、十年甚至更长的时间，是我和阮明兮可以共同度过的。哪怕像今天这样，总会走到尽头。阮明兮说她在想我在想什么，我说我在想一会儿去哪吃饭。

从图书馆向左走一段路就是兰溪的食堂。她点了很多菜，然后开始把肉往我的碗里搛，说自己怕发胖。我觉得那是我到K大以来第一次被感动。我不知道该怎么拒绝，只好看着她傻笑。她说我的钢琴很棒，我昧着良心故作谦虚说一般一般没发挥好。她说兰溪超级漂亮，以后要常来。我说明年我就在这里了，你要多来看我。她问我院系杯踢得怎么样了，我很惊喜自己随口说的一句话她还记得。但也只好告诉她自从入选院系队之后就一直蹲替补，上一场主力打架被停赛才上去踢了十几分钟。上场不久就被球砸到，抬头四十五度看天，突然鼻血满面。

傍晚我骑自行车载她回本部，为了这一刻我已经准备了几乎半个学期。每次出门都要载小鸡鸡练习。路边会有男人转头看阮明兮，没有女人会转头看我。我知道未来，我需要付出比阮明兮多得多的努力。

"我很重吧？"

"哪有，你骨头轻。"

"你的包怎么这么重啊？"阮明兮用力掂了掂我的挎包。然后动作有些别扭地把我的包托起来，问我是不是觉得舒服一点。那是我第二次被感动。

骑了200米的样子没有说话，阮明兮突然问我，"唉……你下辈子想做男生还是女生呀？"

"男生啊。"

"为什么啊？"

"因为可以骑车载女生。"

"你……做男生会不会很累呀？"

"我也不知道。但是我觉得这也没什么呀。很多事情对男生来说不应该是天经地义的吗？我负责挣钱养家，你负责貌美如花。"

"呵呵。这句话蛮有劲的。"

"你想做男生还是女生？"

"男生。"

说实话，阮明兮的回答让我觉得有些诧异。我原以为她会选女生。"为什么啊？"

"因为我觉得你们男生喝水的时候喉结一滚一滚的很可爱的。"

额，这句话让我觉得她好可爱。"额……"

"还有如果你可以选的话，你最想有哪个超能力啊？"

"有什么选项吗？"

"好多了，我忘了都。有飞行术、读心术、预言术、点金术，还有什么我想想……"

"我肯定不会选读心术。"

"为什么啊？"

"因为我觉得每个人心里都有一个阴暗的小地方是任何人都不能知道的。知道只会让人失望。"

"喔唷。看不出来噢。你好悲观的。"

"也不是悲观啦。我就觉得这是人的天性。还有我不会选预言术。因为我觉得人预知自己的未来是件很可怕的事情。最可怕的事情不是死，而是等死。哇，我们换个话题好哦？这个话题很瘆人啊。跟你说个事情噢。"

"什么？"

"小鸡鸡有女朋友了。"

"嗯？真的！谁谁谁？！"我感觉自己的后座震动了

一下。

"你猜。"

"青珊？"

"嗯。"

"真的！！什么时候？！"

"昨天晚上。"

"哇！"

"就是。别人没怎么八就成了，你看我们。"我承认说这句话之前我准备了很长时间。短暂的沉默，漫长得像三百六十五年。我紧张得连车速都慢下来了。

明显的停顿之后，阮明兮说："嗯，以后做人要低调。"这句话总是给我一种飘忽不定捉摸不透的感觉。

"你知道小鸡鸡怎么表白的吗？超浪漫。"

"啊？怎么表白的？"我必须要说，阮明兮说话带着些很浅很浅的嗲，柔软的感觉让人觉得很舒服。

"小鸡鸡的手机是水货的嘛，经常抽风，抽风的话就是会自动按确认键，然后关机。昨天晚上小鸡鸡在挂QQ，然后跟青珊聊天。青珊不是很学术的嘛，两个人就聊考试。小鸡鸡准备说我觉得我期末要挂科了。然后刚打到'我觉得我'手机就抽了，然后输入法自动联想爱，爱后面自动联想你，你后面句号，句号后面发送。然后……"

"这个太囧了耶！然后青珊答应了？"

"嗯，然后青珊答应了。惊悚哦？这段你不要跟别人说
噢。千万不要说。"

"哈哈。这肯定的。"

小鸡鸡是个老实人，说到做到，期末的时候成功避开了
绝大部分的正确答案，最后光荣挂科。明磊的绩点却高居男
生第一。一大批老人从资服退休，我看到有人边翻着灌水本
边哭。一个部门的内建做到这样是很成功的，我希望资服不
会毁在我们这一代人手里。

蚊子和老贼成了新的老大和副老大，阮明兮是双助经
理，我是业务经理，也是新一届经理中唯一一个男的。资服
的老大一般总是从业务和双助经理中产生，如果我一直留在
本部，那么几乎可以预见，未来的某一天，我会和阮明兮一
起接替蚊子和老贼的位置。那就是一段神雕侠侣的佳话啊。
可惜我是学建筑的，大二就要去兰溪了，那时候能不能留在
资服都是问题。

生　日

　　寒假总是太短，不知不觉就到了情人节的平安夜——2月13号的2B节。依旧光棍的明磊说，祝世界上每一对情侣都是失散多年的兄妹。一直忘记介绍明磊，明磊是贵州人，用胡天忻的话来说就是："你……小地方来的。"明磊出生的时候因为长得太丑，差点被父母扔掉。因为怕找不到老婆，明磊高二之前的照片一直被他贴肉珍藏起来。唯一一次看到，那真是，不是一般的丑，留个小平头，看了就想揍他一顿。

　　一切都在他18岁那年发生了翻天覆地的变化。那一年明磊考上了K大，那一年他莫名其妙地开始变帅，那一年他在健身房苦练了3个月的肌肉，终于拥有了"34B"的胸围。如果不是头太大的话也可以称得上肱二头肌比头大了。最后甚至还性情大变，弃暗投明做了好人。再然后，他成了传说中的

| 生 日 |

希哲万人迷。再然后，他找不到女朋友了。

其实任何人都能找到女朋友，只要你放低标准。在这个层面上来说，任何人要找到女朋友又都是不容易的。因为随着自己的变强，标准又会上升。或者说一个人再差也会有一个人爱他，一个人再好也会有一个人不爱他。文艺点的说法就是每个人都是某个人一生的挚爱。在希哲书院，至少是09404班有很多对明磊痴迷的女生。有人喝多了会嚷嚷，要是明磊现在过来，我就对他表白。我总是记得大学的第一个学期，我正龇着牙齿打帝国3的时候，他说不要打来，快点复习呀。就像阮明兮给我捡菜一样，任何人做你父母才会做的事情的时候，你就会感动。

当明磊正在寝室里疯狂刷课而小鸡鸡在床上翻身磨牙说梦话的时候，我正在部门面试新一届的小朋友。面试开始之前我和阮明兮聊着资服的八卦，蚊子走过来说，不要说了，有外人。我说不要紧，以后都内人了。每学期的面试都会放进几个关系户，比如这学期的方耘和成悦。大家都是一个班的，成悦是阮明兮的室友，方耘则一直是我的哥们。方耘是电光源系的绩点前十，整天一副屈尊来K大的样子。一直声称自己高考没发挥好，差了几分没上北大，以后还要过去读研究生。一年之后，方耘的目标从北大变成了清华，我们都知道是因为奶茶MM的缘故。平时我们都不会说方耘是电光源系的，而是说灯泡系。

面试完别人之后我又要被人面试。套用七匹狼的广告语就是男人不止一面，其实还可以再加一句：一面是主子一面是奴才。打个比喻而已。我要参加的是书院之星的评比，性质相当于当年的优秀少先队员。

收到辅导员的邮件通知的时候我就觉得这是一个好机会。从小就不知道校三好是什么感觉，等大学毕业了就真的没机会了。想想现在一个书院有1000人，是高中的两倍，初中的四倍。但是也不能说没有希望，因为当初选校三好都是老师三令五申地强调，某某某你要去啊。大学就没有这回事了，要是哪个学生经常一星期不开邮箱，那就错过了。或者就算看到了，觉得天气冷不想动，也就错过了。所以我决定勉力一试，丢人现眼一回又怎么样，又不是第一次了。

一周后我收到了参加面试的通知，和我一起来的是绩点3.8的班级第一学霸。每天坏坏学习的3.81学神淡泊名利如我所料没有过来。其余人等似乎也都是绩点3.6+的人，让我觉得压力很大。而在面试的等候室里还有个熟悉的身影，那就是

生 日

阮明兮。

"喔唷！连你都来啊？"

"干嘛？我看上去很弱的样子吗？"

"你这种整天不学习的还好意思过来。"

"书院之星呀。又不是绩点之星。"

阮明兮一瞬间无话可说，直接把我的材料拿了过来翻着看。也许我们现在是真的很熟了。"出版长篇小说，登上腾讯搜狐读书频道首页……喔唷，你就靠这个混了。"

"啊？你以前还校运会冠军啊。看不出来嘛。"

"你什么时候看出来过了。你不是还看出来我有女朋友吗？"

"在校期间多次获得康师傅再来一瓶的奖励。这个你也写！我真是没见过你这种人哦！"

说话的时候一个女辅导员过来领着我去面试，她说："你就是那个出过书的吧？""嗯。"我故作羞涩地回答。说完正好到了会议室。会议室里坐着十几个面试官，有老师有辅导员的样子。我觉得自己心如止水。

不知道为什么，那天讲得比平时读稿子还要流利。15分钟的时间飞一样地过去，然后我恋恋不舍地说声再见。哎，好想继续聊啊。两天之后我收到辅导员姐姐的通知，我最后排名五到十位，只拿到了书院之星提名奖。说到底还是绩点太低不能见人啊。不过好歹是大学里的第一张奖状，我把它和我当年初中校读书比赛优胜奖什么的一起珍藏了起来。而阮明兮排名跌出前十，连提名奖都没有，只拿到一个热心公益的单项奖。让我爽了好久，3.6的绩点就可以看不起3.18吗？

　　有了书院之星前十的称号我顿时觉得腰杆硬了很多，随即又去参加了号称K大诺贝尔的尚道自立奖评选。报名处的老师说，你的材料很硬，有小说有书院之星，不出意外的话你应该能进。那时候我终于明白了，原来荣誉就是这样滚出来的。比如我因为出书拿了书院之星，然后加上书院之星这个砝码之后我又拿了尚道自立奖，等我拿了尚道自立奖我可能又拿着三个奖去竞争什么区十佳青年，依此类推。但是最后归根到底我只做了一件事。当然这么美丽的事情最后没有发生在我的身上，听了老师的话之后我在家乐呵呵地等消息，等到校门口的路修好了都没等到面试的通知，就算是对我如此热衷名利的惩罚吧。经常想一想，我的确是个物质欲望很强的人，但同时又是一个物质要求很低的人。我所做的一切，不是为了自己的享受，而是为了站在自己心爱的女生面前不至于羞愧。凯旋的桂冠，为的不是凯旋，只是想把它戴

| 生 日 |

在爱人的头上，献给我喜欢的女生。

正不爽的时候听说资服有饭局，心情稍微好了一点。今天的饭局是为送老迎新准备的，对老大来说是散伙饭，对方耘来说则是新的开始。人来人往，一代接着一代，只有资服是不变的。而现在的资服，是属于我和阮明兮的时间了。就像这个社会，70、80、90，无论你愿不愿意，都有那么一段时间，那样的十年二十年，必须由你来撑起这个国家。现在的我们，能做的还很少，上上网骂骂街，但总会有那样一段时间，是属于我们的下一个十年。而我们的未来，就是中国的未来。

本来是准备吃蛋糕的，但是要用蛋糕喂饱几十个人实在有点贵，所以文化就买了面包、水果、果酱让大家自己解决。凡是有果酱的地方必然会有混乱，大家吃饱之后，果酱立刻变成了凶器。我左手草莓酱右手蓝莓酱要往阮明兮的脸上涂，她半蹲在角落里边笑边尖叫。然后蚊子学着土匪的语气说："哈哈！叫吧叫吧，你越叫我越兴奋。"

然后上了点酒，气氛顿时火爆起来。大家互相惩罚，老贼扯着蚊子说："让我们冲破世俗的枷锁吧！"小鸡鸡自己先冲着窗外大吼一声："我好寂寞啊！"然后又摸着胸说：

045

浅喜欢

"哎，太小了。"我用羊毛衫把阮明兮的肚子塞大，扶着她在楼道走，经过一个人的时候说："亲爱的，不要怕，明天就生了。"方耘跑到旁边的本超买了一包卫生巾，然后冲着收银的美眉说："这么多年了，我一直用这个牌子的。"然后又在女厕所门口大叫："有人吗？没人我进来啦！"

之后我们集体到好乐迪通宵KTV。女生们只花了1分钟就点了10页的歌，我和小鸡鸡什么的只好打牌。先是80分，后来夜深了神志不清，又改成了无脑的UNO。男生从我到蚊子、老贼什么的没有一个不走调的，唯独方耘是麦霸。从男人到女人到娘娘腔，没有他不会唱的歌。整整一个晚上，除了他唱就是和他唱。

后来阮明兮让我唱一首，说还没听过我唱歌。我说真不行，一进KTV就走调。她说没关系，你念都行。终于，我鼓起勇气拿起了话筒，点了一首《简单爱》。所有的人都看着我，我突然觉得心里软了一下，哀求说："我默念好不好。"蚊子那天喝得有点多，抢过话筒说要代我唱。但是他的千年等一回怎么听都像千年的女鬼。

有人带头出丑，剩下人顿时觉得自己出出也没关系。男生们真唱起来比女生还要疯狂，就好像女生绝情起来比男生还要绝情一样。之后一个小时就没女生们什么事了，老贼扯着话筒站在台中间大吼一句：上海的歌迷朋友们你们好。
唱完之后又说："感谢CCTV，感谢MTV。"这时候蚊子抢
过话筒说："感谢团学联，感谢辅导员。尤其要感谢我的女
朋友。正是你20年如一日地没有出现，让我得以专注于歌唱
事业。"

　　然后我们又跟着他们先吼国际歌，再吼好汉歌。老贼的
声音里面带着浓重的匪气，我从来没有见过哪个男人比他更加
阳刚。我曾经问一个女生，老贼和蚊子你会嫁给谁？她说是蚊
子。我说有可能你做得对，但是老贼有一个很珍稀的特质，又
man又不流氓。方耘说他吼不出来就没有在唱。但是从大部分
人的声音里，我可以听到一种青春的放肆和深深的寂寞。

　　时间不知道为什么那么快就走到了五一，世博会开幕
了。每次中国举办大型活动的时候，我最害怕的就是听《茉
莉花》。哎，结果还是放了。就像朗朗和祖英姐总是会出现
一样。第二害怕的是看到小孩，哎，结果还是出来了。

　　已经忘记是什么原因，资服在五一还要当班。打开资服
的门，猛然看见桌子上放着一瓶橙汁，橙汁下面压着100块
钱，100块钱下面垫着一张纸。纸上面写着："这100块钱不是
给你的，是为了吸引你的注意。下次记得还给我。明天是你

的生日，我把蛋糕放在业务抽屉里。生日快乐。"

没有署名，但是一看字迹就知道是阮明兮。因为她的字实在是不怎么好看，不知道的人都以为她是用左手写的。我一直对阮明兮说，你这个字再不练，以后给男生写小纸条约会的时候。要是说某年某月哪里不见不散。别人还以为你是男的要找他打架。

所以我也从来不相信什么字如其人这种东西。就像妈妈说我的字里有一股浓重的妖气。很多时候我们看到的表象，并不是内心的外延，只是技巧的体现。用外表的卑微掩饰内心的卑劣。唯一相同的地方在于，字是可以练的，人也是可以改变自己的。阮明兮的字虽然难看，却只会让我觉得她更加可爱。人一旦成功了，说什么都是对的。一旦失败了，做什么都是装逼。

打开抽屉，蛋糕果然在那里了。小小的，但是很漂亮，漂亮得我都不想和别人分享。还没有到开门营业的时间，我总是有这样的习惯，在一个人的时候喜欢一遍遍读她发给我的短信。哪怕仅仅是和工作有关。一边看一边不自觉地微笑，然后随便翻翻灌水本。连篇的都是阮明兮并不漂亮的字迹。她其实是个很能八卦灌水的女生，所以叫水母，所以我就叫水父。我并不擅长同异性交往，很感谢资服让这一切都

| 生 日 |

变得自然。

今年的水料很足的样子。方耘和成悦的缘分来自于一场尚道公司的内部舞会，成悦总是踩不准节奏，然后方耘一直帮他打拍子。方耘是有女朋友的人了，虽然并不漂亮，至少和成悦有差距，不过是香港中文大学的。然后这就是女生逻辑混乱的地方，成悦喜欢方耘是因为他对女朋友专一，而一旦她追到了那又不是她喜欢的方耘了。

灌水本上是这样写的：

成悦，方耘昨晚和你夜聊了？

啊……那个什么……他是和我什么来着，对对，是说要换班的事情嘛。他问我能不能和她换班。我说能。他就挂了。

方耘，你昨晚和成悦夜聊了吗？

没有啊，我没跟她打电话啊。

明今，方耘和成悦两人夜聊了？

对呀，对呀。两个人说到好晚好晚。内容太不堪入耳，我们都是堵住耳朵不去听。

　　边看灌水本边笑，可惜自己在这里的生活不会太长了。可是离别的时候，我和阮明兮怎么办？有时候我甚至会觉得有那样一种可能，她是喜欢我的，而不仅仅是那么普通的一个朋友，一个仅仅存在于资服的八卦对象，或者说她社交的一部分。

　　可是即便她是喜欢我的，我有那个勇气真的去做她的男朋友吗？我觉得没有，我不觉得自己已经有了那样的能力，可以坦然站在她的身旁。

　　门外传来细细的脚步声，我知道是阮明兮来了。即便有千千万万人，我也可以听出她的脚步，也许这就是爱吧。即使剥离了她的外表，我依然可以保证，她是我最爱慕的灵魂。

　　门被轻轻推开，她嘴角的弧线像彩虹一样挂在我的面前。

　　"生日快乐！开心哦今天？"阮明兮说话的时候两脚掂了掂，超级可爱的样子。

　　我用力点了点头说："嗯，超级开心啊。我坚守了18年的处男生涯，明天马上就要……"看着阮明兮半张的嘴，我觉得很是搞笑。"变成19年了。"

　　"你怎么越来越猥琐了啦？"

"开开玩笑呀。我请你吃蛋糕。"

"喔唷！一个多学期了。我真是看着你一步一步越来越臭不要脸。本来还想陪你当班的来。"

"那么正好呀。明天我陪你当班还你。"

"你明天不在家过生日啊？"

"怕你孤单。"其实我一直过的是农历的生日。

"你去死！"

然后我把椅子搬到她旁边，两个人一起分蛋糕。她把窗帘拉起来点起蜡烛，我说一起许愿吧。她说好。然后她在摇曳的烛光面前闭上眼，长长的睫毛一颤一颤的。这时候我终于有勇气放肆地看她，看了整整四秒钟的时间，猜想她的愿望里会不会有我的名字。我闭上眼睛，许下自己的愿望：家庭和睦、绩点过三、我和阮明兮都要幸福。

"你许了什么愿望呀？"

"全家平安啊，绩点过三啊，然后最好找个女朋友不要继续做本科僧。哎，这世道，真是……逼良为僧啊。"

"看上谁家小姑娘啦？"

"不告诉你呀。就是尽量脱光那种。"

"那么你喜欢什么样的女生啦？"

"漂亮的。"

"切，你一天到晚就这么样子。"

"然后性格好。不要太凶也不要太没情趣。其他都无所谓了。你们女生呢？"

"我们啊？你知道哦。成悦很花痴的，老是喜欢拉着我坐在长椅上面幻想以后男朋友是什么样子的。"

"什么样子的？"

"就是体贴啊专一什么的。其实你想很多条件都没有用的，真正有感觉了你什么都不会管。"

"嗯，心跳的感觉不会骗人的是哦。"

"喔唷，你又文艺了。"其实很多时候我很喜欢阮明兮突然冒出来的上海市民大妈腔。让我觉得平和真实。而不像有些女生，用高傲、文艺、知性的口吻，说着肤浅的内容。就好像打开一个用来装钻戒的盒子，里面只有一粒花生。那时候小鸡鸡的人人状态是："在寂寥的工地上，一个人茫然地行走。背上沉重的摩挲，日渐消磨在这昏黄的时光里。沉淀、麻木，一如灵魂一场轻烟飘渺的旅行。双手已经长出了一层卡布基诺色的薄茧，映满了那些闲散的午后，木质的圆椅，错落了L和V的褐色提包，和你霓裳飞舞，兰花般开放的身影。随着夕阳一起沉默，随着夕阳一起沉没。指尖蓦然多出了一层玫瑰色的细粉，静静地抚摸，品味空气中淡淡的尘土的味道。"我仔仔细细看了半天，才发现原来是在搬砖。

"为什么都说我文艺啊？我觉得我全身找不到一根毛是文艺的。"

"切！也就你自己这么觉得。唉……你会读研吗？"

"不知道啊。好像不行啊。保研保不到，考研考不上。工作不对口，出国又没钱。"

其实我很迷茫。出国还是工作还是读研？看上去我都可以做到，但是看上去又都不那么适合我。我从懂事开始到现在的经历只有两个字，那就是读书。生活很简单，甚至连判断题都算不上。你只需要努力就行了。而两年之后我将面临选择，一道无穷项选择题。我不知道未来我会走上一条什么样的道路。

"你知道吗？其实我很担心自己。"我继续说。

"担心什么啊？"

"担心自己未来会过一种什么样的生活。"

"你不要担心呀。你是书院之星啊。"阮明兮像是在开玩笑一样。

"我有时候会想，这是不是我想要的生活。就是说，我怕自己以后生活得不够好。连喜欢自己喜欢的女孩子的勇气都没有。"

"你都没有信心我们怎么办？"

"我有个叔叔嘛，他现在是成功男士了。吃饭的时候他这么说的。我年轻的时候对我老婆说，我们现在很穷，什么都没有。但是别人有的我们都会有，别人没有的我们也会有。我保证，总有一天，你去任何地方买东西，都只要看东西，不用看价钱。他好自信的。而且真的做到了……我是不是很物质啊？我金牛座的……"

"没有啦，这样想很好呀。哦，你知道吗？财神姐姐现在在德意志银行唉。"

"嗯，你知道财神姐姐怎么说哦？干这行啊，哎……起得比清洁工还早，睡得比小姐还晚。"

和阮明兮在一起的时候总是有很多话可以说，无聊的八卦或者对社会对国家的看法。虽然我大部分时候都是一个很混蛋的人，但有时候我也是一个口才很好的人。我说话的时候阮明兮一直在很认真地看着我。盯着一个人看有很多种看法，其中一种会看得很有张力。最后阮明兮微笑着点了点头说："你很好呀。很爱国。"我说："嗯，我希望这不是单相思。"

和阮明兮一起吃蛋糕的时候会有一股很强烈的想喂她的冲动，可是我还不敢，只好把这种冲动和着蛋糕吞咽。

失 恋

　　回到寝室，正听见小鸡鸡在走廊里面吼："打牌呀！一缺三。"我说没事吧，你无聊成这样。想碎碎平安是吧。他说受不了了，五一没当班，他已经15天没跟年轻女性说过话了。我问杨青珊呢。他说被人家甩了。

　　我清晰地记得当时自己的嘴巴张得有多大。"你开玩笑吧。"

　　"没骗你啊。"

　　"怎么可能！她怎么会甩你？人家那么乖的。你是不是干什么坏事了？"

　　"没干什么呀。我真的对天发誓我什么都没干。"小鸡鸡的小眼睛睁得圆圆的，满脸无辜的样子。

　　"那她干吗要甩你？"

"那谁你知道吗？哦对，你不知道，我们社会学的。他对杨青珊表白了，然后杨青珊表示要跟我拜拜了。"小鸡鸡居然这个时候神情反而平静下来了一点。

"你不要诋毁别人噢。"

"我骗你有意义呀。你信我还信她？"

"你。可是她看起来那么乖的。那你没事吧？"

"我好了。"

"什么时候？"

"五一的那天晚上。就我们社院和物理联谊的那天晚上。"

如果这件事情在大二上发生的话，我一定会跟阮明兮说，小鸡鸡吃着火锅唱着歌，突然有人跟他说要分手。

"我靠，那男的社会学的？"

小鸡鸡沉重地咧了咧嘴。

"那这同学没法做了。"我说。

"我准备转专业。"

"你确定？那转我们土木工程吧。"

"好啊。"

"呃，你绩点够哦？"我突然想起来上学期小鸡鸡绩点2.99，而土木工程要求转专业绩点必须在3.0以上。

| 失 恋 |

"够啊。我补考及格了就3.01了。"

"哦，这就好。"一想到以后三年还能跟小鸡鸡住一个寝室还是很开心的。失恋的痛苦，毕竟不是我能亲身体会到的。"你真的没事吧？你想开点噢。升官发财死老婆。"

一丝有些凄惨的微笑挂在小鸡鸡的脸上。"没事没事，我要骚起来。奶奶的。"

"没事就好。"我看了看窗外："月黑风高杀人夜，要不要我带你到尚道楼30层去吹吹风散散心？"

小鸡鸡又笑了一下，然后拍拍我的背说："哎，在家靠父母，兄弟最靠谱。"

"杨青珊这样的女生到处都是，都不值得的。能被抢走的爱人就不叫爱人。"

小鸡鸡快速点了点头说我懂，但是从那悲伤的尾音里我几乎可以听到，懂又有什么用。有些东西只能化在油里面不能化在水里面，就像悲伤只能化在时间里，不能化在逻辑和分析里。其实没有什么好担心的，时间会治愈一切，只要给时间一点时间。那些曾经血流如注的地方，最后可能连疤痕都不会留下。而那些离开你的人，总有一天会从想念变成想起。

小鸡鸡突然说我们还是出去走走吧，我说去哪，他说去

浅喜欢

兰溪实地考察一下。人一般失恋之后就会喜欢自虐，目的是把精神上的痛苦变得更加实质一点。

从北区出门是长宁路，长宁路上只有两种店，饭馆和宾馆，可见是专门为大学生服务的。长宁路左拐是静安路，往前一直走，左手边就是财经大学。透过围墙可以看见大学里面有一座雕塑，一本书托起了一个地球。我告诉小鸡鸡，那个的意思是：读书顶个球。继续左拐，沿着静安北路一直走就可以到兰溪。但是这个一直走就可以到的性质相当于你认真学习就能考K大一样。要走很久很久。

晚上兰溪的车少得可怜，但居然被我们看到了一辆白色的敞篷。车里有个穿着很前卫的年轻人，旁边坐着一个美女。小鸡鸡长叹一声说："哎，有钱人终成眷属啊。那是什么车啊？我只看到一个M。"

"你猜呢？"

"迈巴赫？"

"名爵。"

"怎么没听过？"

"二三十万的样子。出来装逼吃灰的。"

这辆颇有喜感的车子让小鸡鸡的心情好了一点，否则他一个学期之后可能还要磨叽什么恨爹不成刚啊之类的东西。

| 失 恋 |

　　小鸡鸡说他只想要一场简单安定的爱情。就像童话的结局那样，王子和公主从此幸福地生活在了一起。我想可能这种生活真的不是我们这些普通人能够轻易拥有的。而即使是在童话里，往后想一想，王子和公主总有一天会变成国王和王后，而国王和王后往往很坏。所以幸福，太多的时候只是漫长煎熬之后的一个瞬间。

　　"你恨她吗？"我问。

　　"好像……不恨吧。我就是觉得有点难受。"

　　后面我没有多说什么，仇恨很多时候只是一种无能为力的情绪，被恨的人一般才是胜利者。过了一会儿小鸡鸡自己说了一句："我要骚起来。"我想他只是说说而已。

　　小鸡鸡是个很纯洁的人，和我一样，两个小文青而已。心中也许有过骚动各种想法，最终却循规蹈矩地过了这么多年。妈妈说学坏是件很快的也很简单的事情。但问题是，就连那些根本不坏的事情我们都不知道是什么。从小只吃食堂和兰州一拉，父母买什么穿什么，路边的店基本都没有去过，去到每个新的地方都觉得手足无措。脑子里装满着上个世纪的价值观，像70年代的年轻人一样思考。还在过农历的生日。想谈一场永不分手的恋爱，还相信坚强、信任、忠诚这些老掉牙的字眼。

浅喜欢

很喜欢小鸡鸡，因为和他在一起的时候，会让我觉得，我们是一群人，一群落伍的90后。当一些人在屏幕面前挤眉弄眼的时候，时代，忘记带我们走。

小鸡鸡突然说他想起了一个笑话：这里是烟花之地吗？我买烟花的。

烟花易冷，爱情是注定走不到永远的东西。那些曾经的永远，变成了永远不会在一起。而那些曾经的承诺，一个个回头嘲笑我们的单纯。

继续往前走，路灯下只剩下我和他。小鸡鸡对天大吼了一声，然后说我好了。我想无论我们的语言多么复杂，人类终究还是需要呐喊。并不是所有的疼痛，都可以说清；并不是所有的悲哀，都可以讲出来。我说我们还走么？小鸡鸡说路漫漫其修远兮，我们还是打的吧。

回到寝室，大家纷纷对小鸡鸡发来唁电。为了填补他目前的空虚生活，我们决定教他打CS。小鸡鸡的CS进步缓慢，扔手雷居然扔到墙上弹回来炸自己人。手上端把沉重的machine和我对射，最后他死了。我转身看身后的墙，墙上密密麻麻全是弹孔，我却还有60滴血。

"小鸡鸡你个菜逼呀！"

"靠，再烦以后我生个儿子甩你女儿。"

"你怎么知道我生女儿啦。"

"我看你就像生女儿的样子咯。"

"发个投票哦？我就不觉得我像生女儿的。"

于是CS就终止了，我们在人人上发了一个投票：你认为明磊是生儿子还是生女儿？最后的结果是除了生不出之外几乎所有的人都投了女儿。

睡到床上的时候明磊还在哼哼唧唧，"我觉得我要生儿子的呀。牧之，你想生儿子还是生女儿啊？"

我说："儿子吧。关键是，如果我有个女儿，她出嫁那天我会觉得很伤心的。"

"那你怎么忍心让别人的爸爸伤心？"明磊说。

"我要生个女儿，以后专门甩男生。"小鸡鸡幽幽地说。思想转变得超快。

"计男呢？"

"我……那果断不生啊。"

"干嘛不生啊？"

"我丁克你不知道。"

"我靠。你还丁克啊。我以为你播种机。"

"我果断丁克的。我要生个小孩出来，那……肯定大坏

蛋。我根本不知道怎么教他的，我也没心思教他。那不是刚
能走路就做坏事。所以我肯定不生的啊。"

　　夜深了，话题总要聊到女人身上去。胡天忻问我和阮明
兮怎么样了。我说就那么地，觉得自己配不上她。胡天忻说
我想太多了，什么责任什么配不配的，都是浮云。不要把婚
姻的东西扯到爱情上来。爱情就是用来享受的，恋爱不像吃
饭，吃饭一辈子都能吃。但是你恋爱，小时候不懂，老了又
不行，留给你享受爱情的只有三四十年，想太多就是挥霍。
青春不常在，抓紧谈恋爱。

　　我把胡天忻的话咀嚼了很久，但还是不能接受。我无
法接受自己有一天对着自己喜欢的女生说："我们结婚吧。
虽然我没房没车没钱，但是我有一颗和你走到永远的心。"
这句话的性质就相当于：虽然我没上课没做题没复习，但是
我有一颗不挂科的心。这种事情是不靠谱的。难不成你同志
尚未努力，革命仍需成功？人不能活得那么自私。而我没有
那样的习惯，去说一句自己明知不靠谱的话。我知道有些时
候，有些话，只是说说而已。做不得数，也没人会在之后去
计较。大家都开心开心。我只是周围一群经济适用男中的一
个，忍不住把每一句话都看得太重。

　　已经三点了，我们还在聊天。我觉得寝室的人都有一个

| 失 恋 |

特异功能，那就是可以边说话边睡觉。这种感觉很奇怪，明明头已经是晕的，脑海里开始泛出一些潜意识里的东西，但是又还是清醒的，知道别人在讲什么，自己要说什么。在这种状态下思维会很活跃，觉得有说不完的废话。胡天忻突然说自己除了泡mm之外的理想是为国家做点贡献。我说你不出来害人就不错了。

明磊在用手机挂人人。"我靠，女生他妈的三点钟还在刷状态。"

"肯定在聊男人。"

"肯定也在问你想生男孩还是女孩。"

"好，好，算了。明天还要上课嘞。睡觉睡觉。天黑请闭嘴。"

小鸡鸡的失恋迅速成为资服的头条新闻，杨青珊也从此再也没有当过班，就像小鸡鸡再也不会留在社会学系一样。转建筑系是件很简单的事情，只要绩点过三几乎都收了。而转经院是件很难的事情，一般没有3.6以上的绩点不敢申请，就算是在这样，每年也未必有一两个人能成功。

如今的小鸡鸡性情大变，显然电脑游戏的成瘾性比QQ、人人要高得多。小鸡鸡从此每天悬梁刺股地打帝国。面对电

浅喜欢

脑不是满脸痴呆就是兴奋得回光返照一样。我对小鸡鸡说不要不知死活了，你不觉得只有让自己牛逼起来才配得上杨青珊说的分手吗？以后还会和其他的女生在一起，如果一直这样浑浑噩噩，以后还有什么能给你喜欢的女生。那时候不会觉得难过，不会觉得着愧吗？他说他也明白这个道理。但是大学总是缺少那种能直接逼迫着人前进的东西。

我知道小鸡鸡并不是一个意志坚定的人。其实任何事情都可以转化成前进的动力。失恋，要么让人成熟，要么让人堕落。痛苦，你可以把他看成痛苦，也可以看成耻辱。伤心，或者成为奋斗的理由，或者成为放纵的借口。一切都在你的选择，万万不要用自己沦落换取他人的不安。

忘记了谁曾经说过的，我害怕配不上自己所受的苦难。而小鸡鸡明显没有这样，他度过了很长一段时间漫无目的的生活。晚上下不了线，白天起不了床。活着没意义，自杀没勇气。

失恋的痛苦不在于失去，而在于青黄不接。现实生活中没有女生来填补小鸡鸡的精神生活，他只好转向虚拟世界，那就是看韩剧。小鸡鸡接触的第一部韩剧叫《你是我的命运》，一共有178集。剧情狗血无比，车祸、绝症、灰姑娘、富家公子，该有的全都有了，但居然还很好看。因为这部电视剧，小鸡鸡迷恋上了里面的女主角允儿。

一天回寝室的时候，小鸡鸡正盯着电脑屏幕里的允儿傻笑。看到我回来之后猛地说了一句："我觉得允儿是世界上最漂亮的女生。"

从那之后，小鸡鸡中毒越来越深，看到允儿的时候恨不得把电脑都抱到怀里。嘴里叽叽咕咕地乱叫。时间长了，他终于喊出了一句我听得懂的话，那就是："允儿啊！"

小鸡鸡有个很不好的习惯，那就是看视频的时候不用耳机。这样的后果就是每天我听到的韩语比汉语多，而我每天听到的最多的一句汉语还是："允儿啊！"于是，有一天我回家的时候，觉得一天没听到这个声音很不习惯，自己突然轻轻喊了一句："允儿啊！"

那段时间大部分男生都觉得小鸡鸡很低俗，小鸡鸡最后却讲了一句很有境界的话："只有电视里还有真爱。"

大一下学期最大的好处就在于天气越来越暖和，我也终于和明磊一起起床去刷晨练。每次刷完晨练，都可以获得一个小小的补偿，那就是去得早包子还是热的。排队买粥的时候阮明兮从我的旁边经过，微笑着对我招手。这个行为极大地满足了我作为男人的虚荣心。明磊说："哇噢，我也要去资服呀。"

"滚，不要抢我风头！"

"那你跟她怎么样的啦？"

"不知道呀。配不上她。"

"又这句。那你加油呀。除了你妈哪个女的是你一出生就喜欢你的。"

"那，那你出生的时候连你妈都不喜欢你嘞。"

明磊想了一会儿还是看着阮明兮的背影说："真是漂亮啊！像漫画里面走出来的一样啊。"

周二下午带着贷款干事去秋浦校区办理还款，本着促进八卦的原则，我带的是阮明兮、成悦和方耘。秋浦校区地处徐家汇，周围繁华得一塌糊涂，而秋浦校区自己却破得催人泪下。两者相映生辉，好比中年男子头上的秃顶。迎面而来的是K大附属的天台医院，哇，那真是，豪华得让病人们流连忘返，乐不思蜀啊。经过天台医院，再穿过一条街就是秋浦校区。那种感觉，怎么说呢，就像穿越。一下子从21世纪穿越到60年代。往前走几步就是一个硕大的纪念碑，我以为是神奇宝贝，走近才发现是实验动物纪念碑。这时候我们才想起秋浦阴气重,不禁越来越心寒。丫的,什么医学院的小MM都是浮云,早知道去云梦校区了。

两男两女走在一起聊天的时候,最容易出现的事情就是两个男生都对着其中漂亮的那个女生说话。我看见成悦的眼神有些落寞,连忙去和她说了几句。其实单独来看,成悦也是个蛮不错的女生。比较漂亮,这一点小鸡鸡第一次看到时就已经表扬过了。还是传说中的有钱人,然后性格很好,很坦白直率。只可惜和阮明兮分到一个寝室了。

在一片很阴森的环境中我们寻找着办还款的地方:19号楼。迎面的拐角转出来两个医学院的白衣天使,都瘦得可以拿来做痒痒挠,脚步特轻。我鼓起勇气问她们19号楼在哪,她说这里没有19号楼。一想到自己在寻找不存在19号楼,不禁毛骨悚然。

最后找到的时候发现19号楼是男生寝室楼,破烂程度和本部青楼遥相呼应。大一的时候参观过龙华烈士陵园里的监狱,感觉比19号楼还要豪华干净一点。我们办公的地方在一处自习室,不久便开始陆续有学生进来提交还款材料。

"同学你好,你是要办提前还款还是正常还款?"成悦满面春风地出来问,她的态度让同学们觉得受宠若惊。其实那都是资服严格要求的结果,就算进来的是条狗,成悦也是这个表情。

　　晚上我请大家在步行街的萨拉斌吃的饭。那时候的萨拉斌因为怕顾客械斗，所以刀子还没有我指甲锋利。连披萨都切不动啊，最后只能拿起来当大饼吃。阮明兮问我这个月工资多少，我说500。她说有钱人嘛。其实有个毛钱啊。上学期一个月有1000块生活费，这个学期爸爸为了鼓励我看书，生活费变成了400+400×这个月看的书的数量。从那之后，我每个月都只有400块生活费。要不是从小朋友混成经理每月多了400块钱，否则那真的只有装残疾出去要饭了。在地上写个"K大学子……"什么的。本来这顿饭钱是可以找财务报销的，不过我发现自己很不习惯，后来就算了。其实财神姐姐也很辛苦的，要拿着各种发票解释这些钱都用在哪些必要而正当的目的上了。财神姐姐说这正是这个职位给她锻炼的地方，拆东墙补西墙，墙墙不倒。

世博慰问

　　最讨厌半夜里醒了，因为我怕鬼，睁着眼睛，黑暗似乎可以变成任何你能想得到的可怕的东西。晚上胡天忻组织寝室观看僵尸片，导致我现在心里压力很大啊。恐怖片可以分两种，一种是画面恶心人，一种是造成精神压力。明显是后者更加瘆人，尤其我是一个听听外星人故事都会觉得浑身发凉的那种。之前看了一部尼古拉斯凯奇的灾难片《神秘代码》，差点吓尿了。虽然连女生都会不屑地说："这也算恐怖片？"，但是如今想起，还是会觉得毛骨悚然。

　　僵尸片的情节一般都大同小异，一种病毒能把人变成僵尸，病毒通过咬人的办法迅速扩散，幸存者要往外跑，幸存者也一个一个变成僵尸，主角一般对病毒免疫，有人感染之后挣扎着不想变最后还是会变。但是虽然一眼就能洞穿情节走向，我还是被吓到了。上床的时候明磊突然挠我的腿发出一声异常逼真的僵尸叫，吓得我屁滚尿流地往床上爬。而现在，小鸡鸡又在磨牙。

从他的磨牙声中我可以想象他在吃什么东西，有时候像啃骨头，有时候像吃萝卜，有时候像在喝汤。磨牙是件很可怕的事情，尤其是他还不断地翻身，一副要起床咬我的样子。我真的时常会担心哪天夜里小鸡鸡会鬼上身地梦游起来咬人。临近期末，小鸡鸡犹如月经失调般磨牙磨得越来越频繁了，说明他还没有完全变成精神上的僵尸，还有拯救的希望。只是按照一般的情节走向来说，他最后还是要变成精神僵尸。因为磨牙的缘故，我猜小鸡鸡大概到50岁口腔里就只剩一条舌头了。所以每次我们去吃饭的时候，我都会说，小鸡鸡，再多吃点肉吧。

于是我努力去想阮明兮的面孔和笑容，想蓝色的天空绿色的群山，想一些美好的事情。但是那种害怕的感觉就像铁链一样拴住我不放。尤其是我还发现自己想尿尿。窗外下着小雨，湿湿的感觉让我觉得很不舒服。在这样的环境下，我只有一件事情可以做，那就是崩溃。

和膀胱苦苦战斗了半个小时的时间，我终于确信自己是睡不着了。尿尿是必需的，可是我真的好怕。所以我准备再等一等，等有人的时候一起去上。就这样过了一刻钟的时间，走廊上终于传来了拖鞋的声音。我不失时机地翻身起床套衣服找拖鞋推门转身飞奔。然后，我就被吓住了。我靠，原来晚上的走廊是这样哒？几十件衣服像吊死鬼一样挂在空中，两边的墙壁被刷成蓝白色的，显得分外恐怖。那个时刻我不知道自己应该逃走还是逃跑，我想的是明天要去买个夜壶。

　　终于回到床上，我却辗转再也难眠，想找个东西分散自己的注意力。开手机上人人，时间是半夜两点。

　　"你在线？"发消息的是成悦，也许她觉得我这时候上线很不正常。但是我觉得她上线很正常。

　　"嗯，睡不着。"

　　"怎么啦？要不要我叫明兮安慰你呀。"

　　"没什么，刚起床撒了泡尿。你跟方耘怎么样了啦？"

　　"他还是不理我呀。"

　　"哦，那你换个人呀。"

　　"我就是要他呀。"

　　"干嘛老是要追别人了啦。你等在那里，火车总会到。车子开走了，你再怎么用力跑也追不上。"

　　"你还会讲这种话啊。你个文艺小青年。我就是要在那里等他你管得着哦啦？"

"我就是想帮你推荐个男生呀。"

"谁呀？"

"小鸡鸡要哦啦？人家刚失恋，现在又寂寞又蛋疼还骚得要死。"

"小鸡鸡不是很纯洁的吗？"

"哪里纯洁？你听谁说他纯洁的？"

"他看上去不是什么都不懂的吗？很懵懵懂懂的那种。"

"懵懵懂懂？！懂！他什么都懂！"

"呃。"

"现在的小鸡鸡很容易入手的哦。"

"刚失恋的不要。我觉得你怎么像妓院里的老鸨一样啦。一天到晚帮别人拉皮条介绍男人。"

"那是，我是青楼的。"

"于妈妈。"

"晕。"

"明兮在干什么呀？"

"睡觉。"

"你为什么不睡觉？方耘又不理你了。"

"是呀是呀。"

"你何必勉强人家啊。"

"你说我要是再漂亮一点方耘会喜欢我哦？"

"不知道。"

"你说如果我长得跟明兮一样他会喜欢我哦？"

"会吧。"

"男生都这样的喏。"

"那你究竟是要他分手还是不分手？"

"我说说的呀。"

"你怎么变？"

"我本来想减肥的。"

"最后是不是要胖先胖腿，要瘦先瘦胸？而且你又不胖你减个毛。"

"你怎么知道的啦？"

"女生都喜欢这么说自己。"

"我觉得我比他女朋友漂亮呀。"

"感情不是找最漂亮的和最适合自己的，是找到更适合自己之后还愿意守着现在这个。"我对这句话很得意，希望成悦能把它转交给阮明兮。

"我真的很喜欢方耘。"

浅喜欢

    虽然隔着冷冰冰的屏幕，但是似乎我能从这种语气中感受到一丝哀伤。

    "那你转型吧。方耘这种应该会喜欢比较母性的。"

    "他老是不理我。我说什么他都不理我。"

    "你说了什么？"

    "我用整个宇宙。换他一颗红豆。"

    "我想听他唱歌，就算明明不是我喜欢的曲风。"

    "我想同他说话，就算是谈及别人。"

    "我想随他旅行，就算是去我不喜欢的地方。"

    "我想看他微笑，就算是对别人。"

    "再冷也不再渴望别人的怀抱，只想要他，等多久都没有关系。"

    "费尽心思问他那些自己明明知道答案的问题的时候，心里还是想念他。"

    "当身边没有他，晴天也没有了意义。"

    "当身边没有他，屋檐也失去了含义。"

    "他不开心，连我的关心也不回应"

    "哎，摸摸。"面对成悦突然的刷屏，我也只能这么回答。

    "想他想到想哭，想他想到脑子都要胀破了。"

"我给他发日语的我喜欢他，他肯定不会去查的。"

"你也是好孩子。"

"就算我人人没日没夜地在线，他也不会回我。"

"你有在哭吗？"

"我还好啦。"

"想他想到脸越来越模糊。"

"思念也会这样变淡的。你对他冷淡一点，他可能就会觉得你好了吧。"

"我冷不下来。"

"那就睡觉吧。不要带着黑眼圈见他。我明天去看看你。"

"你要去部门探班？"

"不是，是去你们寝室。"

"不会吧，你要干嘛？！"

"明天部门慰问世博志愿者。"

"喔唷，你是要看明兮吧。"

"这都被你看出来了，我下啦。"

"好，八八。"

我没有立刻下线，去踩了一下阮明兮的人人。上面分享了一个萝莉相册，标题是：亲爱的，我们生个女儿吧。我回复说：好。另一个相册的标题是：其实我喜欢的是女生。我回复说：其实我喜欢的也是女生。

早上醒来，我觉得精神倍儿棒。于是唱着早睡早起身体好去刷牙，这时候外面传来一声："我操，迟到了迟到了。"

9点多了都，我想想还是决定翘课。食堂肯定没饭了，我决定去吃油条。南区有两处移动的早餐铺，一处对着垃圾桶，一处对着垃圾箱。等我走到的时候，佳人已去了。所以我决定吃寿司。南区有两处卖寿司的，一个叫姐妹寿司店一个叫阿姨寿司店。味道其实差不多的，但是姐妹寿司屋的老板娘长得颇有几分姿色，所以我决定去姐妹寿司店。

拎着寿司走在闸北路上，两旁的地摊已经摆起来了。路的拐角处在卖金黄的栗子糕，看起来很诱人的样子。一想到晚上就能以慰问世博志愿者的名义看一看女生寝室是什么样子的了，我就激动得一天不想上课。

这个念头刚刚泛起的时候，我立刻接到了小鸡鸡的电话："老师在点名，赶快过来！"我说我两分钟之内就能到。点名喊到这样最简单的拿分办法我是不会错过的，来不及拿书，我拎着寿司和蛋饼就一路飞奔冲进了3教。推开后门，找个地方坐下来。

"朱佳蕊……"

"朱佳蕊？"

"老师，她发烧了……"

"赵云祥……"

"赵云祥？"

"老师，他家里有事情……"

"卢军……"

"卢军？"

"老师，他去当伴郎了……"

最后没有到的人通通期末考试被扣了6分，老师说不管请不请假，人可以走，分数要留下。其实关于点名，我一直想让小鸡鸡用手机给我录音，内容就是那个到。下次如果点名如果我不在，那么放出来就行了。不过点名能让小鸡鸡碰到也不容易。

点完名之后因为没带书，我只好看前辈们在课桌上写了什么。可惜那张桌子很干净，只写了一句话："平凡不如去死。"可是写这句话的人又有多大的可能能超越平凡呢？抬头的时候看见明磊和一个MM从窗边走过去，神色颇为亲密。不过后来回寝室追问的时候他始终声称是工作关系。忽然想起明磊做过的一件事：他指着一双很骚的鞋问我好不好看，我说还行。他说一块买吧。我说也行啊。最后他帮我买了，自己想想却没买。因为这件事情明磊不久就遭了报应。我们一起等红灯的时候，两边的行人乘着没有车经过，纷纷跑路。只剩下我们两个傻傻地看着红灯在那里等。我对明磊说这种肯定撞不死的地方我们就过吧。明磊说算了，佛祖在看着你，不能坏了规矩。然后遵纪守法的明磊却在绿灯的照耀下被另一个方向一辆闯红灯的助动车给撞了。

夜晚，和老贼并肩站在女生宿舍楼的楼下，我忍不住心潮澎湃，龇牙咧嘴地笑。老贼说，我看见了你温柔的獠牙。进女生宿舍楼要登记，财神姐姐对我说："这个好麻烦的，你们男生就在下面等吧。"我说："没关系，和可爱的志愿者们比算得了什么了。为了让他们感受到集体的关怀，我们决定拼了。"

敲开成悦寝室大门的时候，阮明兮正在削苹果。我想最爱慕的灵魂果然就是最爱慕的灵魂，这么会心疼人。看到我们进来，大家都是一脸笑容，好像春节的时候看到亲人一样。其实这种活动真正的目的不是慰问，而是招新。是为了向其他人宣传部门温暖的集体形象。我注意到阮明兮的寝室很干净，不知道是一直这样还是提前收拾了。

然后我就开始关心那颗苹果是给谁的，然后阮明兮用刀把苹果切成丁喂给一只四肢肥大的兔子吃。嘴上还肉麻地说："叫妈咪。"真是没想到原来阮明兮身上的母性这么过剩的。剩下的女生顿时露出花痴本色，把兔子团团围住，一副马上就要把它分着吃掉的架势。然后哼哼唧唧地说："哇哇，好可爱。"所以我也走到兔子面前说："叫爹地。"阮明兮笑着白了我一眼，其余人都喔唷喔唷地起哄，我想今天真是没有白来。阮明兮说："你不是于妈妈吗？怎么会叫爹地的啦。"

财神姐姐夸阮明兮温柔细心，对兔子这么好。阮明兮说兔子很娇弱的，苹果皮上有农药残留，直接喂兔子会死的。我说都是兔子的错，我们老家那里，喂兔子只要去外面割点不带露水的草就可以了。那真是，一生一大窝啊。

那只兔子果然像阮明兮说的那样娇弱。几天之后部门在六味鱼聚餐，阮明兮把那边剩下的青菜什么带回来喂兔子。然后那只兔子就被毒死了。后来我们在学校的一个角落里把它安葬了，每个清明不是清明的日子都去祭拜，提醒自己，一定要注意食品卫生，要吃熟的东西。我们都是一只只的大兔子，谁知道哪一天，哪些东西，会突然成为生命里的不可承受之重呢？

今天又是很开心的一天，因为我当班。这学期虽然和阮明兮不一起当班了，但是因为我们的时间段是连起来的，所以可以在交接班的时候看到她。

"今天怎么到得这么晚，明兮都不在来。"方耘笑笑说。

"她往哪个方向走了？"我连忙开玩笑问，不过桌子上立刻有东西抓住了我的眼球。"哎呀，桌子上这是什么？喂我的么？"

方耘走过来拍拍我的肩膀说："压力呀。昨天有人过来办双助，是明兮帮他办的。今天他就送东西过来了。"

"我靠，你开玩笑吧。"忘记自己当时什么心情了，有点紧张，又好像觉得很正常。我拎着袋子问方耘："你们家送东西是送栗子壳的，这骨头上一点肉都没有你送人炖汤的啊？"

"被我吃掉了，被我吃掉了。"方耘微笑中带着点歉意地说。

我怒了，我真的怒了。我说："方耘啊！人家对明兮的一番心意就被你这么糟蹋了。你……不等我一起来糟蹋！"

　　因为是同班同学，我和方耘的关系也很好。一起去食堂吃饭的时候，我没戴眼镜看不清菜，就一直问他：那个是萝卜还是土豆？那盘是肉排还是鱼排。问了几次之后方耘对我说："我是你的眼。"方耘生日的时候，我送给他19支2B铅笔作为纪念。他就是个2啊，所以叫方二。方二的座右铭是To be No.1我觉得他说得很对，整个就是二逼No.1。不过工作能力还是很不错的，把这个暑假的支教活动安排得挺好，我猜下学期的团支书就是他了。

　　"牧之，暑假你去支教吗？"方耘问我。

　　"明兮去哦？"

　　"好像不去。"

　　"哦，那啥，我暑假要回老家，我同学找我吃饭，我不能去了。哦，听说你分手了是吧？"我连忙转移话题。公认的好男人方耘也被人甩了，这个很有爆炸力的新闻让大家都确信异地恋是个不怎么靠谱的东西。就像小鸡鸡总结的那样：现在大一小朋友进来都自带男女朋友，但是只要和周围混熟了就要分了。被甩之后的方耘在人人上连续发了多条伤心状态和日志。幸好没有被老贼看见，否则他一定会说，我就不知道你们一天到晚装文艺装心碎装脑残有什么意思啊。

"嗯。被人家甩了哎。"

"成悦不蛮好的嘛。干嘛不要啊？"

"那不是……"

"你说人家哪点不好？"

"我吧，现在还没有谈恋爱的想法。"

"为什么啊？"

"我吧，现在对女生没什么感觉。"方耘说完之后隐约觉得有点不对，沉思良久，眉头紧锁。"我吧，现在对男生也没感觉。"

"嗯，我记住了。对女生没什么感觉是吧。那我对成悦也好交代了。"

回去之后我对成悦说，方耘告诉她："我们不合适。"成悦问哪不合适。我说性别不合适。

考试月前某周的早上，刷完晨练往外走的时候，一个熟悉的身影出现在我们的面前。她就是杨青珊，身旁是一个男生，应当是她的新男朋友。杨青珊的头低了下去，有些难堪的样子，但很快又抬了起来。显得比当初相识的时候多了几分陌生果敢。我侧过头去看小鸡鸡，他居然在笑。以前我总是觉得笑是可以被定义的，冷笑、苦笑、幸福的笑、欢乐的笑……但是小鸡鸡笑得很奇怪的样子。像是无奈，像是觉得荒谬，像是坚强，像是放开，像是自信，像把所有的回忆都写在脸上。我永远读不懂的微笑。他们这样擦肩而过，像所有已经分手的恋人一样，比陌生人更陌生，又比朋友更刻骨铭心。

"你知道吗？我最近心情很好。"走了很远的时候，小鸡鸡突然说。

"嗯。那就好。"

"你相信吗？真的。真的很好。"

"放开了就好。"

"不是。我发现自己也很喜欢现在的生活。刚分手的时候我看到过一次……那个……杨青珊，心里很痛的感觉。就她一个人，我心里就觉得特别难受。后来，有一天我在寝室上网看你人人上分享的美女图片。我就觉得，生活突然好轻松啊。想起以前的生活，多好啊。光棍节一起出去喝酒，吼吼寂寞，看看美女图片。指着一个你可能永远都配不上的人说，这女人好难看。不用天天考虑别人的感受，猜她开不开心，想明天去哪里，害怕冷场找话题。"

说实话，小鸡鸡的话让我觉得很惊奇，这想法，太猛了吧，小鸡鸡中的战斗鸡啊。当初那会儿还天天抱着本《金刚经》一副死了好几百遍的样子呢。吃饭的时候唠唠叨叨"无人相无我相无众生相。""凡所有相，皆是虚妄。若见诸相非相，则见如来。"。真正顿悟的人就不会把佛法挂在嘴边了。如今他满嘴美女酒肉，难道是真顿悟了？

"以后会寂寞的吧。"我说。

"以后是以后呀。以后寂寞以后找，每天开心点就好了……开心也是一天，不开心也是一天。干嘛要不开心呢？"

"这话不是明磊说的吗？"

"这话是明磊不开心的时候说的。"

"哈哈。"

"你看开了就好。"

"我现在看得很开的呀。情诗里面都是废话，扯来扯去其实就是在耍赖。你那时候讲得很对。悲伤就像一座山，近处看很大，走远了看就很小。"

看着小鸡鸡的样子，我只能说，爱情可以让人忘记时间，时间也可以让人忘记爱情。

光阴荏苒，物换星移，转眼又是期末了，老员工们都在忙着规划"后事"。我很认真地想了想自己的问题，下学期去兰溪了，一周也不知道能回来看大家几次。还是不要去竞老大吧，就算做了，也是对资服的不负责任。老贼问我下学期何去何从。我说你呢？他说我养老。我说那我也养老。从此，我在资服的仕途也就结束了。

蚊子下学期就退了。做老大之后感觉离小朋友们的距离会远一点，部门真正的核心是中层经理。突然想起蚊女郎这个词，发现是很久很久以前的事情了。蚊子在资服做了两年，刚来的时候害羞得一句话都不敢说，只会埋头苦干，后来做了飞扬跋扈的蚊哥，我很为他感到高兴。想起自己刚从农村来到这个城市的时候，土气自闭不敢说话英语文盲，也会遇到过这样那样的白眼。但是我比你强就是比你强，我化成灰都比你强。

蚊子还在利用最后一点老大的职权，比如例会的时候坐在阮明兮身边就赖着不起来了。老贼说老大上来总结几句吧。蚊子说，我就坐在这里总结吧。比如不许我们和阮明兮说话。方耘跟阮明兮说了几句，蚊子上去拳打脚踢。我和阮明兮说了几句，蚊子说无关人等快点走。蚊子不在资服养老，让我觉得很思念。他和老贼一直是我在资服引以为人格榜样的人。

浅喜欢

　　资服新的管理班子很快就出炉了，阮明兮做了老大，方耘做了团支书，成悦做了文化。一学期的工作都已经办完了，只剩下支教。

　　"牧之，你真不去支教啊？"方耘问。

　　"打死我也不去支教，太忙了。"我说。

　　"你去不去支教？"阮明兮过来问我。

　　"不……不知道啊，挺忙的。"

　　"真不去？"

　　"呃，哎，其实去还是可以抽时间的。"

　　"好呀，好呀，我也去。"

　　似乎阮明兮要搞定我是件太容易的事情。而她的最后一句话，让我开心了好久好久。

散伙饭

又是一顿散伙饭。自助烧烤店来了很多老人，要走的和已经走的。内务姐姐说："一日在资服，终生在资服。资服就是我们娘家。"

一开始和阮明兮坐在一起吃饭，说着一些乱七八糟的事情，心里却觉得很温馨。我突然想象如果有一天我们真的在一起了。我希望自己做一个牛逼的男人，但是每天都会回家给她做饭。我想做这样一个男人，在世界面前很高大，唯独在她面前很渺小。

吃到一半的时候，老贼问我要不要喝酒，我说喝啊喝啊。他说那么去六味鱼喝吧，蚊子在那边。我对小鸡鸡说，你先过去吧。过十分钟我就过去。

走到六味鱼门口的时候，那只死兔子的音容笑貌立刻浮

浅喜欢

现在我眼前，但是光喝酒么，总没有什么问题。那天喝着喝着才发现，六味鱼的啤酒除了喝之外还有个功能，那就是可以当日历用。全部都是保质期前一天的酒。

小鸡鸡正满脸通红地和老贼拼着白酒，结果毫无悬念地被搞趴下了。老贼一边扶着他回尚道楼吹风，一边咧着嘴说："老子从来只有喝饱过，没有喝醉过。"老贼学的是数学，其实真心是个异常聪明的人。不像蚊子那么勤奋，绩点却是专业的前十。爱好是研究共产主义理论，整天嚷嚷着要抱着火药炸尚道楼的人。平时的装束就是一顶鸭舌帽，上身一件毛主席主题T恤，下身一条迷彩裤。食量长期稳定在："阿姨，八两饭。"在他的身上，有一种久违的阳刚的气息。

蚊子一个人坐在旁边一口一口抿着啤酒，和老贼比起来，他更多的时候都在压抑着自己。小鸡鸡被拖走的时候，蚊子摆了摆手说："去吧去吧。哎，我就这破身体素质。千杯不醉啊。"在我眼里，蚊子是个很复杂的人，搞笑里面带着忧郁。

蚊子今天喝酒是因为失恋了。我觉得很奇怪，以前我一直以为男人是绝情的，女人是跟在后面哭哭啼啼的。可是为什么从小到大，我身边的那些感情里，都是女人甩男人。蚊子一边喝酒一边笑，一边给我讲他的故事：

| 散伙饭 |

　　蚊子的成绩一直很好，初中的时候，全校的老师都翘首期盼他能用一个中考全市第一来为学校争光。初一的时候，蚊子交了女朋友，他说是自己主动上去勾引的。老师知道之后很不高兴，觉得这会影响蚊子的学习。所以就去找女生谈话。谈完之后，女生回来对蚊子说，我们分手吧。蚊子觉得很诧异，问她，你不喜欢我吗？女生不说话。蚊子知道女生还是喜欢他的。但是从那之后，女生就再也不和他在一起了。

　　失恋之后蚊子的成绩反而变差了，中考只有全市第七，那个女生的成绩更差了，去了一个混日子的高中。蚊子一直说那个女生其实比他聪明，只要好好学，可以去清华的那种。但是因为聪明，父母选择了让她连跳了两级，所以基本功很不扎实。女生自己的意志又不是很坚定，所以才会堕落成现在这样。

　　高中里面蚊子好好学习，最后进了K大的法律系。那个女生却，也许可以说堕落吧，整天和一些混混们搞来搞去。但是蚊子还是一直想着她。

　　今年女生来上海看世博，所以约了蚊子一起去。他们从世博园的大门往外走，前面是一对情侣，手牵着手。蚊子突然觉得，这么多年了，终于又有一个瞬间回到了初中的感觉。蚊子一直在踟蹰，要不要拉女生的手。最后他还是拉了，却被女生甩开了。

其中有两个是女生的高中同学，所以就一起去酒吧。酒吧的气氛很容易让人high起来，加上喝了酒，除了蚊子之外，所有的人都很兴奋。女生的脸已经红了，一个男的走过来，拉她胸罩的带子，女生反而去迎合她。蚊子说，当初多纯洁的女生啊，拉个手都要脸红半天，怎么现在这样了。故事就这样结束了，你也许觉得很平常。谁没有纯洁过，谁最后还纯洁着。我也只是感叹物是人非，韶华偷换。我的脑海里闪现出僵尸片的情节，舍却性命冲回家里，却发现自己至亲至爱的人都已经变成了想咬你的僵尸了。但是任何时候，无论希望多么渺茫，我们都会舍却生命去救的。不是用生命换取你的生命，只是用生命换取你的希望，绝对不能辜负你的等待。

蚊子说，这么多年了，我一直知道她在过着一种什么样的生活。但是我还是一直喜欢她，你不要看我好像老不正经，跟小姑娘搞不清楚的。这么多年，我从来没有怀疑过，未来我儿子的妈妈，我孙子的奶奶是他。小姑娘嘛，有时候不懂事，喜欢追求一些刺激也是可以的。我一直很努力，因为我相信，如果有一天，她觉得累了，她想要过一种安定的生活的时候，她还会回到我的身边。

| 散伙饭 |

看过一些书，看过一些电影。每当男主角得绝症，女主角被强奸的时候，我都觉得很淡定。因为那些明明都是假的。每当他们为了响应作者让情节曲折的要求而故意做不合常理的事情的时候，我都会想，他妈的一群傻逼。每当他们抱在一起，磨叽着那些山盟海誓，一恋爱就要恋爱到世界上的乌龟王八统统死光才肯停的时候，我都觉得很他们的语言是无力的。而蚊子就在我的身边，毫不做作地讲出这些话，我觉得这才是真实的，撞击着我胸腔的力量。

后来我把这段讲给一些女生听，所有人都像土著一样尖叫，恨不得马上给蚊子生个小孩的样子。但是蚊子现在还是单身。有时候世界很奇怪，蚊子会单身，胡天忻现在已经有五个女朋友了。

之所以是五个，不是因为他又找了两个，而是找了三个丢了一个。胡天忻出于泡妞的目的，报名参加了资服的支教。参加支教是要通过面试的，胡天忻面试完之后，阮明兮和成悦都来跟团支书说，让他进来吧。阮明兮说："让这人进吧，他是某某某的男朋友。"成悦说："让这人进吧，他是某某的男朋友。"阮明兮说："啊？胡天忻的女朋友不是某某某吗？"成悦也说："胡天忻的女朋友不是某某吗？"于是他们两个人分别打电话给自己的姐们，然后这个事情就这么败露了。

后面的剧情很狗血，胡天忻冲到某某某那里下跪请求原谅，表示已经和某某分手了。某某某不鸟他，叫了辆出租车回家。胡天忻也眼疾手快地打开出租车的后门跟了过去，然后一路哭得稀里哗啦的。后来某某某打电话给胡天忻他爸把胡天忻接走了。胡天忻于是继续做某某的男朋友，说自己已经和某某某分手了。我亲眼看到胡天忻是怎么泡到他其中的一个女朋友的，上课的时候，胡天忻直接坐过去，开始自我介绍和聊天。下课的时候，女生伸出手对他说："我手出汗了，帮我擦擦。"尽管如此，胡天忻最后还是进了支教组，因为他也是我的室友。但是我知道阮明兮很恨他，说他像苍蝇一样。有时候我会想胡天忻的女朋友们都不知道胡天忻的事情吗？多少总会知道吧。只是真的爱了，无论是否愚昧，人就会变得软弱。觉得舍不得，觉得要依赖他的关心，习惯有他的生活。爱情没有上限，也没有底线。

蚊子酒吧归来发了一条伤心的状态，第一个安慰他的是成悦，于是他就向成悦告白了，但是成悦拒绝了。可能理由是我不要刚失恋的男人吧。蚊子说，部门有很多好女生，什么成悦啊、明兮啊、金针菇啊。那一天他很空虚，如果谁去安慰他他都会表白的。成悦给他打电话解释，成悦说你是

个好人。蚊子说那你还不要我。大一一年,不知道多少同学
都收到好人卡了。男人和好人几乎是个矛盾体。女生们说:
"男人没一个是好东西。"其实如果有一天,成悦说:"蚊
子你个死鬼。"那么蚊子就成功了。

　　从蚊子那里知道,大一上的时候有个男生猛追成悦,追
得轰轰烈烈五雷轰顶的。于是成悦就在犹豫要不要答应。正
准备答应的时候,那男生突然找了个女朋友。也许这就是为
什么成悦那么喜欢方耘的原因吧,她只是向往一种安定的感
情生活。所以她说不要刚失恋的男人,那时候的恋爱都只是
因为空虚。就好像现在,小鸡鸡的骚已经好了很多,甚至开
始看英语准备四级考试。泡人人的时候也会顺带去玩一下那
个背单词的应用,好像叫巴别小精灵什么的。只可惜不久就
因为脚趾甲往肉里长去了校医院。我问他医生怎么说,他说
doctor。

　　蚊子一边说话,一边频繁地上厕所,嘴里还嚷嚷着,我
就这破身体素质,千杯不醉呀,带着微笑的前奏和悲伤的尾
音。头脑还清醒着,肚子却好饱了,于是我说:"蚊子,我
们去光草陪小鸡鸡吹风吧。"他说:"接着喝。花了钱过来
喝酒就不要浪费了。我最恨吃饭剩一大堆菜的人了。浪费粮
食。他们不知道农民伯伯种菜种得多辛苦的。小鸡鸡那个窝

浅喜欢

囊废，早知道不喊他来了。"

"来来，我给你满上，走一个。咱不醉不归嗷。"蚊子神经兮兮地笑着给我斟酒。

以蚊子的破身体素质想喝醉的确很难，我们一直喝到六味鱼打烊的时候，蚊子才终于崩溃。服务员过来赶人说不好意思我们清场了啊。蚊子拉着他的手，眼圈红红的。"大哥，就让我们再喝一会儿呗。来，我给你满上。这是我兄弟，下学期就要去兰溪了。也不知道以后什么时候能再见。今天就多喝几杯。大哥，我听你口音也是外地人吧。大家在上海混都不容易。找个老婆都不容易，人家多好的女孩子，凭什么以后就跟你租房子住啊，对不对？你自己心里都过意不去。我现在都20了。20岁啊，正是他们女生最漂亮的时候。我们男生什么都没有。人家凭什么就要陪你过是不是？大哥，你也不容易啊。小孩户口还在老家吧？转不过来吧？高中还要回去念吧？在这边混都不容易我跟你说……"蚊子的话让我突然觉得有些感悟。20岁的时候，女生们把自己最美丽的时间留给了一无所有的男生们。而30岁40岁的时候，男生们的收入逐年递增，女生们却越来越老去，我们应该用什么回馈她们。

"理解，理解。"服务员受宠若惊，强行装出一副知性的样子，总结了几句。还让我们多喝了几口酒。

出门的时候蚊子是真的神志不清了，路上一个电线杆，蚊子凑过去读了一句："祖传牛皮癣，专治老中医。"我说你喝高了。他说喝酒伤肝，不喝伤心。我说蚊子你真的不养老了吗？他说不养了，自己做了老大，在资服也算圆满了。往后小朋友越来越多，越来越不认识，那就没意思了。我突然想起蚊子做老大的这一个学期，其实是很好的一段时间。老贼说尚道的高层不喜欢蚊子，因为他总是为资服考虑得多，为尚道考虑得少。所以上学期经理的工资只有300块钱而这个学期有了500块钱，抵得上以前副老大的工资了。老贼也是这样的人，所以总助要提拔他到人力资源部做老大的时候，他拒绝了，宁愿留在资服养老。这就是资服的魅力吧，想想自己的一个学期何尝不是这样。所有的精力都花在她身上，不在尚道，就在去尚道的路上。我说蚊子我扶你去光草吧。他说，没事，我自己回寝室。喝了点小酒，又不是喝三鹿，有这么严重吗？然后笑得伤痕累累地走了。

那天之后，我再也没看见过蚊子。只是脑海里时常想起我们在KTV合唱的《国际歌》："不要说我们一无所有，我们要做天下的主人。"蚊子说不要去光草，也许他怕被老贼笑话。老贼一直说，不要流连于小的感伤。

支　教

　　沪宁高速上一路平坦，我们正在去支教的路上。我们乘坐的大巴是汽车赞助商赞助的。因为阮明兮秀色可餐，所以这一次支教拉到的赞助是历届最多的一次。有些人就是那么幸运，从出生开始，一切问题都不是问题。比如阮明兮，她注定能赢得每一场面试。人生就好像是一场游戏，我们大部分的人选择的都是hard模式，但是阮明兮很明显是easy难度。

　　透过车窗可以看见祖国的大好河山，城市和农田。但我还是更喜欢看我旁边睡着的女生。她是我生活中唯一的梦境。那么长的睫毛，让我忍不住想用手拨弄一下。每次看到她，我都会淡淡地微笑。如果你有真心喜欢的女生，你也会这样的。

　　大概四个小时之后终于进入了安徽境内，道路也骤然萎缩成了四条。说实话，安徽的农村都一个样。一条水沟，田字形的呆板楼房，但是会让我有家的感觉。下了高速公路，路况越来越差，车上的人也大都醒了过来。最后司机说到了，让大家带好随身的贵重物品。我扯着阮明兮的衣服说，我带好了。她对我甜甜一笑，然后说："你去死。"

每个人来支教的动机都不一样，有人是来献爱心的，有人是来混支教证明的，有人是来泡妞的，有人是来打牌的，有人是来这个国家4A级风景区旅游的，还有像老贼是来调查新农村建设的。我们支教的学校叫八里河中心中学，有初中部和高中部。看起来并不算很破，至少是座楼房，操场上有两个倾斜的篮球架。

因为是暑假，而支教明天才开始，所以学校里空无一人。推开教室的门，一种熟悉的感觉扑面而来。一根有裂缝的教鞭放在讲台上，那是我也曾经拥有的记忆。几乎一个班的学生排队挨打。如果你父母请老师吃过饭的话他会打轻一点。第一次被老师打是在一年级的时候，麻辣辣的感觉现在还记得，不是因为痛，而是我记性太好。有人会哭，有人不会。我不会，七岁的时候，爸爸用皮带抽我我都不会哭。我只是怕妈妈骂我。

黑板已经有些斑驳了，窗户和十年前的老家并没有什么区别，依然在用那种黄色的类似于黏土一样的东西。课桌又黑又脏，偶尔会有用小刀刻下的字。这些课桌并不是学校的，每个小孩上学的时候，家里都会给他打一个新的课桌，由爸爸背到教室，尽量放在靠前的位置。

阮明兮和成悦在黑板上很开心地写字画画，我很喜欢她小女生的样子。我也要像老贼一样有大男人的样子。

我们睡觉的地方是一处平房，一间屋子睡男生，一间屋子睡女生，每个人都要打地铺过夜。除了吊扇，房间里一无所有，就连那个吊扇，扇得也是寂寞，不是风。但学生身上总有一种浪漫的情节，艰苦到来之前永远不会害怕。

摸着受潮后有些脱落的墙皮，成悦说："这里好穷啊。"方耘说："山不在高，有仙则名。水不在深，有龙则灵。"阮明兮侧过头问我："唉，这是谁写的？哎呀，我忘了。就歌颂破房子那个。你还记得吗？"

晚上校长请我们吃饭，说的都是客套话，没有多大意思。老贼问这里最缺什么，校长说是钱。所以今年来这里支教，我们募集到了大约10000块左右的捐款。其实在颍上我们所接触的贫穷也许只是这个底层的上层。成悦喜欢说，好可怜啊。虽然她说得很有良心。但其实可怜是一种对他人的侮辱。

┃ 支 教 ┃

第二天开始上课。支教组分成两部分，一部分人上课，另一部分叫后勤组，其实就是不上课组。我本来可以上课的，但是我更愿意站在墙角看着阮明兮母性的样子。我看过的唯一一部支教片叫《美丽的大脚》，现在也忘记得差不多了。但是在所有对我灌输的教育中，支教的结局都是以大家恋恋不舍，最后大学生痛哭流涕留在当地结束的。

其实我一直怀疑当地的学生会在多大程度上欢迎我们的到来。我想如果我是学生，正在放暑假的时候突然学校逼我回来上课是什么个心情。心里肯定在想，操你娘的蛋。老子牺牲休息时间就给你们刷经验了。

但是和学生相处的日子一直很愉快，比我想象的要好太多，因为有一种新奇感吧。这批老师们又漂亮又温柔，也不讲学习的东西。阮明兮、成悦什么的整天就和同学们混在一起，以至于所有的男生都知道K大姐姐们很漂亮。

我和他们混得也很好，因为当地小孩玩的游戏我都会呀，当年都玩成精了。农村也没什么好玩的。滚铁环、跑城、掟炮、斗鸡、爬树、钓螃蟹、偷菜，我什么都会。阮明兮说我是农村和城市的混血。在颍上的七天，有一种回到回忆的感觉，那里也许是我大学最开心的时候吧。

后来我带了足球和老贼还有男生们踢。踢着踢着被两个小男生绊倒在地上，操场上有很多碎石头和沙子之类的东西，当时膝盖被磨得有点可怕。小男生一脸惶恐的样子，我笑着拍拍他说没关系的。阮明兮跑过来扶着嘴很关切地说没事吧。看着她的眼神，真的足以让我忘记一切。

后面的事情一直让我感动。阮明兮把我带到教室，用棉签和酒精帮我清理伤口。如果这个人是明磊的话，我一定会说："滚你妈的，血不流了就好了呀。"但是这是阮明兮，所以我就装着很需要的样子。清理的时候我一直在看阮明兮，总是这样，一个人对你越好，你越会有勇气直视一个人。阮明兮大部分时候都在微笑，偶尔抬起头看我一眼。那种幸福，就好像有什么东西在浸泡你的心脏，然后整个世界都变得柔软。我想那就是爱吧。

其实只是一些表面伤而已，过了一会儿就适应了。我对阮明兮说，K大姐姐，我带你出去玩吧。那里毕竟是国家4A级风景区，风景还是很漂亮的，虽然还没到美得不像话的地步。并肩走在松软的田埂上，我没有任何非分的想法，能和她并肩，就已经足够幸福了。阮明兮显得对周围一切都很感兴趣，用来肥田的四叶草，两边的枸杞，青色的水稻，水里的螃蟹，桥下的螺蛳，远方的炊烟。乃至沟里的农药瓶、路边的牛粪，身旁的我。

| 支 教 |

我拉着她穿过一片菜地，那里有棵桑葚树。不得不说桑葚是我小时候最喜欢吃的水果，即便还是尚未成熟的青色，嚼在嘴里也有一种类似于桃子的味道。那棵树不算高，以我现在的身手还可以轻松地爬上去，摘了几颗熟透的桑葚再跳下来递给阮明兮。

"好吃吗？"

阮明兮用力点了点头。其实不需要问我也知道答案。野生的桑葚味道超级好。而闸北路菜市场能买到的桑葚虽然颜色紫黑很诱人，但是味道却平平无奇。我还记得自己第一次吃到桑葚时候的感觉，乐不思蜀啊，从树上下来的时候一颗果子都不剩了。

阮明兮的反应和我类似，吃完就说我要上树。也不知道怎么想的，我竟然很诚恳地思考怎么尽量减少身体接触。明明可以抱的，我却跟他说，你踩我肩上吧。就这样我把她顶上了树，然后自己再爬上去。阮明兮一开始还有些紧张，怕自己会掉下去。我把手伸给她握着，她无聊的时候会把玩我的手，说我的手很漂亮。放松之后就是吃啊吃。我不知道那种感觉有多好，青色的原野，一棵孤独的树，不孤独的我和她。太阳慢慢下山，终于看到半个太阳是什么样子。我真的希望时间就此永恒，让我陪她看每个日出日落。

浅喜欢

　　阮明兮问我有什么愿望。我说下辈子投胎做个女人，然后嫁给像我这样的男人。她说你正经点。我说和一个很好的女孩子心安理得地结婚。生两个孩子，一男一女。老了之后，去乡下和家人一起种桑葚。成熟的时候，寄给儿女们一份。听上去很平常的愿望，其实人总是难在心安理得。很奇怪，说这番话的时候，我竟然发现自己有一种想哭的冲动。

　　我问阮明兮有什么愿望，她说嫁给一个好爸爸和好丈夫。在自己还漂亮的时候听他说我爱你。老了之后，去乡下和家人一起种桑葚。成熟的时候寄给儿女们一份。

　　阮明兮说话的时候看着远方，天使般的侧脸比落日还要漂亮。我想如果我那个时候表白的话，也许会成功的。但是我并没有这么做。可能因为我在感情上是一个容易满足的人吧，如今的一切已经足够美好，超乎想象的美好。我只是拿出手机，拍下一张照片。她坐在树上，捏着一个桑葚看着我笑，背景是个很像我家乡的地方。漂亮得让人欲哭无泪。阮明兮凑过来看好不好看，我说超漂亮。那张照片一直存在我的手机里，每天看着她微笑和努力。

　　虽然舍不得，但是我必须带着阮明兮在天黑之前回去。我先跳下来，然后接住跳下来的阮明兮。那是我们的第一次拥抱，虽然很短，可以看成是慢慢地放下。

┃ 支 教 ┃

回到食堂的时候，大家都在嗷嗷乱叫。老贼说看牧之这笑得，成了是吧？我说哪有，我带她参观社会主义新农村。老贼说不可能，看你表情至少有两个月的奸情了。

夜晚，停电了居然。这种事情在几年前的农村经常发生，比如家家都开风扇的盛夏或者家家都开电视的春节。晚上睡在床上，脑海里把白天的事情一遍遍地播放。笑容每每不自觉地浮现在嘴角。已经很晚了吧，一天就这样过去了。在今天之前，我从来不相信生活可以这样美好。

漂浮在幸福中的时候阮明兮突然给我发短信说："好热啊。"我想有吗，敢情我是乐傻了。我说那我们出来晒月亮吧。

晚上不敢走远，也不敢说话，就那样坐在那里，互相看看傻笑。盛夏的户外，不知道有多凉快。白天的风怎么扇都是热的，晚风吹在身上却是一阵阵的惬意，也不会觉得冷。拿出耳机塞在她的耳朵里面，一起听歌。很灵异，随机播放的第一首就是克莱德曼的《星空》。那种恬淡的旋律的确给人一种星星一闪一闪亮晶晶的感觉。阮明兮听到是《星空》，看看天，再看看我，然后灿烂地微笑。我想那就是生如夏花之绚烂吧。很久很久的时间，旋律不停地更换，我们就那样坐着，一句话也不说。音乐一定要用心听才能体会，每件事情都要认真去做才有收获。恋爱也是这样，认真地体

浅喜欢

会和阮明兮在一起的每一分每一秒。爱她，即便她在身边也觉得思念，就那样坐着也觉得幸福。闭上眼睛，认真听每一个音符，听我们的每一次呼吸。感受她在身边时，空气里特殊的颤动。

从现在开始，每一天起床的时候，都会对自己微笑，生活真是美好。

支教就在那样简约的幸福里走向终结，很多人都看出我和阮明兮有什么不对劲了吧。不过没人当面说，我也就当什么都没有发生。八卦的宗旨就是这个，没成的时候使劲儿撮合，快成的时候则一定要给别人空间。另外，资服的同学们私下里对一个女生多番劝阻，那个女生还是毅然决然地投入了胡天忻的怀抱。突然想起来以后就再也见不到胡天忻了，心里没什么太多伤感，虽然胡天忻其实对我不错。想一想他做过的最让我感动的事情，也许就是那句："我不会抢兄弟的女人，那……太受不了啦。"明磊很久之后还在说："胡天忻，那……劈腿就不好了。"我们很久都没有联系了，只知道计男已经升级成了鸭王。想起胡天忻，看着身旁的阮明兮，突然发现男生和女生的差别好大。男生可以让你觉得他已经爱上你了，其实他没有。女生可以让你一开始就觉得不可能喜欢你，最后她却喜欢了。

军 训

　　因为我们大二才脱离学院进入各自院系上课，所以军训就放在了这个暑假。我也终于离开本部去了兰溪，离家远了一点。军训没什么要准备的，一切都和大一没什么区别，寝室分在211，室友是明磊和小鸡鸡。

　　军鞋军装已经发下来了。里面是一件很薄的贴身T恤，明磊穿了一下，摸了摸胸部，觉得很满意。但凡有肌肉的人都是这副臭样子，恨不得只穿内裤出门。外面是长衣长裤，我一直不知道那是什么材质的。穿起来的感觉像硬纸板，但是进水又不会烂掉。能透水，但是不透气，保暖效果极佳。军鞋的鞋底又薄又硬，所以我连忙出去买了一包护舒宝回来。垫上个三层，又软又透气又吸汗。

　　常住兰溪的只有我们建筑系，但是军训的时候来了很多人。云梦的、秋浦的还有一部分本部的。这样就可以见到很多资服的同学了。我很高兴材料系也在这里军训。常住兰溪的好处就是我们都会给自己的寝室装一个空调,而其他院系的只会带个风扇。这样的后果在第一个晚上就显露出来,一些人彻底地狂躁了,冲到人人上嚷嚷。方耘也自称热得恨不得把皮都扒了。他问我怎么晚上还这么热。我说其实当年后羿只射了八个太阳。剩下两个一个在线,一个隐身。在线的晚上会下线,隐身的24小时都隐身。但那谁不是说K大是自由而无用的灵魂嘛,大家自由想想,第二天什么事都没干就来军训了。

军训很无聊,15天就做了四件事情,大声吼、齐步走、看美女、找帅哥。能说得上有趣的就是拉歌吧。拉歌和军训的关系好比稀饭和咸菜,咸菜本身并没有什么,只是让稀饭吃起来不那么想吐而已。邻接着我们专业的是没什么生活情趣的软工。我们四个美女说要过去跳舞,我想你们不怕被胡天忻盯上吗。

无聊的大环境下热的感觉就会变得很明显,学校怕我们冻着了,所以强行规定必须要穿长衣长裤训练。同学们都感动得晕倒了。在这个不给力的大环境下,K大的某个寝室终于开发出了给力牌内置风扇,40块钱一个。需要4节五号电池驱动，可以夹在衣服里面吹风。方耘热得受不了了，终于拿攒了好久的党费，偷偷买了一个给力牌小风扇。

训练结束后骑车从食堂后门经过，一个女生把我拦了下来，她说载我回寝室吧。我说好。当然她就是阮明兮。军训时的她上身穿着那件薄T恤，下身是长军裤，感觉很特别，也很漂亮。下午悠长的阳光照在我们的身上，我看见路上倾斜的影子，她在后座，开心地荡着双腿。如果这个世界上只有我和她的话，那么除了她，我什么都不会在乎。每天再累再热吃什么穿什么都是浮云。只是世界上人太多，所以我要努力，给她她所应得的生活。因为世界太大，所以她就不再是我的全部，仅仅是一种信仰和理由。载着阮明兮从食堂骑到寝室，我一直觉得那是我在K大的前一年半里，做过的最拉风的事情。

"家教部团挂了耶。"所谓的团挂就是在校园论坛上集体征婚。和阮明兮久别重逢，她还是那么八卦。

"嗯。"

"我们也挂吧？"

"你是说资服？"

"对呀。"

"这个不好吧。"

"为什么啊？"

"资服的女生就这么平白让给外人了啊？"

"那其他女生也能来摘你们的牌呀。"

"我们可不可以先内部挂牌进行试点啊？这个事情还是低调处理比较好么。"

"呵呵，但是成悦天天说要挂牌呀。"

"其实，要挂也是可以的……我觉得择偶是件很慎重的事情，是人生的第二次投胎。你们可以让我来帮你们把关嘛。你们不满意的由你们踢掉，你们满意的由我踢掉。怎么样？"

阮明兮反应了半天，然后把小拳头打在我的背上，很舒服的感觉。可惜很快就到了她的宿舍门口。

"放我下来。"她的声音很明媚欢快。"那个团挂的事情就交给你啦。"

"为什么交给我呀。"

"你不是于妈妈嘛。"

"老大，这个事情很影响我形象的好不好？"

"你也知道我是老大啊？我现在是资服老大唉。你是小朋友。老大交代你的事情你还不去办？"

"不行啊。小鸡鸡、方耘什么的都还光棍，我把资服的女生都挂出去了，怎么对得起他们。"

"喔唷，团挂对大家都好的呀。"

"哪里都好？你觉得你需要挂牌吗？"

阮明兮的脸突然变得很红，声音也轻了很多。呢喃了一句"那我跟成悦说是你不肯噢。"

看着她突然就会感觉很幸福。我喜欢这样的女生，会因为一句话而脸红。

除了那天之外，军训的大部分时候都无聊得一塌糊涂。擦汗报告、挠痒痒报告、上厕所报告。训练的时候更加不许说话，所以最后几天，我除了报告之外几乎一句中文都讲不出来了。最后一天回本部阅兵，发现原来本部的都穿着自己运动鞋。小鸡鸡对此愤愤不平："我他妈每天用卫生巾装女人都快装成疯子了。"所幸苦难的行军终究有结束的一天，校长说军训到此结束。大家发声喊，也就散了。

又是一个学期呀，想想自己也是学长了。我和小鸡鸡穿着来不及脱下来的军训T恤在本部晃荡，寻思着能不能骗个无知学妹给小鸡鸡做压寨夫人。刚做学长的都是这种心态，觉得学妹很好骗的样子。全都忘了自己作为学长，学得不行，长得也不行。上学期期末的时候，小鸡鸡说，马上就要有学妹了，那还学你妹呀。路过二教的时候，发现刚开学教室里就有不少人在看书。小鸡鸡说："我靠，这些人也太认真了吧。"我说："我觉得他们是要补考的。"

"帅哥！"我猛然听到后面有人叫我帅哥的样子，真是久违了呀。回头看看，一个小学妹果然是在对我说。

"你找帅哥干嘛呢？"我很开心地说。

"啊？哪有？我说师哥。"她一字一顿地说。

善了个哉的，我发誓自己当时同时有踹她一脚和扇自己一巴掌的冲动，但是我向来喜怒不形于色，所以我忍住了。然后耐着性子告诉她哪里拍证件照。

学妹走后，小鸡鸡说那个女生长得不错，问我要不要收了。我说不行，我已经有阮明兮了，中国是一夫一妻制的。

继续往前走，突然我朦胧的双眼看见隐约有个美女向我招手。我想这人我不认识啊，不会是看了我的小说仰慕我的小学妹吧。又走近了一点，她还在招，这时候我确定她真的是在跟我打招呼。所以我很谨慎地微微摆了摆手，然后挠头。

"哎！于妈妈。"

这个扁扁的声音我还记得，我张着嘴问："你是成悦？！"成悦现在变得好漂亮了，染了发，烫出一点波浪，然后披下来。更重要的是,成悦好像变胖了一点。增肥之后的成悦五官变得饱满了好多,也漂亮了好多。虽然和阮明兮还有比较大的差距,但是我不否认她带给了我巨大的视觉冲击力,也从此巩固了她在资服二姐的地位。

"是呀。"从成悦的声音里我可以听出一种新的自信。她一直很自信。只是现在的自信里,无须金钱作为掩饰。

"哇,喔!你怎么搞得?!怎么这么漂亮了现在?"

"啊。有哦?"

"方耘看到你直接下跪嘞。要是他还有女朋友的话,肯定直接拉着你的手跑到女朋友那里去说,求求你成全我们吧。"

成悦被逗得哈哈大笑,晃着腰甩着手说:"我不要他了。"语调和姿势倒是一点没变。她说话的腔调还是,中间的字发第二声,结尾捏得很细,像要憋死的感觉。

"我跟你说,你再回去练习一下。把自己搞得看上去温柔一点知性一点,没事也养只耗子蟑螂什么的装母性。那……追你的男生不要太多了。"

"假哦啦你。我就喜欢这样呀。男生干嘛都喜欢温柔的啦。"

"心里觉得安定呀。你要是整天就说,哇,那个男人好帅呀。你老公会怎么想。提心吊胆活不下去。"

"那我不说就不觉得啦。我敢说给他听就说明我没想什么呀。说不定人家不说的，就是来一个答应一个，差一个表白就赶你走的那种呢。"

"你就诋毁别人吧。那你以后知性一点好哦。我是为你好。"

"你……啰里吧嗦的。我走啦！"

成悦就这么走了，我其实很喜欢她，真实的率性的，无论是变漂亮之前，还是变漂亮之后。她现在这么好看了，以后也不用晃着腰像老鸨接客一样说："于妈妈，我要男人……"了吧。以后也不会有那么多的心事要说了吧。哎，又感伤了，真是对不起老贼的教诲呀。

和小鸡鸡蹬车沿着荒无人烟的仙游路回兰溪。兰溪和本部距离并不算远，如果我发飙的话骑车10分钟就能到。兰溪原本是市区里的一片荒地，几年前刚刚被开发。随着建筑系入驻兰溪，那里现在越来越繁华了。终于有一天小偷愿意光顾了，这条新闻几乎和有老头在黄浦江钓到鱼一样轰动。代表着新兰溪建设的巨大进步。

兰溪最多的就是房地产工程，一次次地穿过，我连他们的广告词都记得。学校的旁边有一片在建的别墅区，宿舍的隔壁，是一片在建的经适房区。足球老师说，那里是富人区，那边的港口会改造成一个游艇港，以后K大的小姑娘就不归你们了。

兰溪是一个西式风格的校区，很漂亮，也很可惜。可惜在于这么难得的地皮，这么好的创意，却没有作出真正好的设计。从尚道楼到兰溪，他们大约是同时代的建筑，从中隐约可以看出一个相同的设计元素。那就是陕西窑洞风格。虽然并没有改变兰溪很漂亮的事实，但还是有些可惜，原本可以做得更好。

从三号门进入兰溪，我们突然被吓了一跳。打了太多天的帝国，把远处的两根柱子看成防御塔了。也从这次惊吓开始，我们开始了自己的兰溪男的生活。

兰溪一共住着多少人我不知道，只有一个建筑系和先进材料研究所。建筑系大一的男生在本部，大四的男生在外面。所以剩下的男人全部冲出来玩篮球三对三也撑不满那个篮球场。有人统计过，兰溪人均两亩地。

在兰溪的生活就这样在宽散中一天天度过，早上起床去罗森买面包，跟着明磊去教室抢第一排。下午回本部或者打球。篮球场上一个自称当年能灌篮如今网都摸不到的中年人叫大叔，那真是英雄不问出处，流氓不看岁数。英雄宝刀不老，大叔风韵犹存。大叔的话多得要死，四处指摘别人不对的地方。

"哎，你手型不好就不要投啊。这样不会进的。"

"……你这个进了也是运气。"

"哎，我这个球怎么都接不住？你注意力集中啊。我传得多好。"

所以我们一直以虐大叔为荣。打完球之后去澡堂洗澡，澡堂有一个好大叔，一个坏大叔。好大叔喜欢聊天，会在你淋浴的时候看着你的裸体扯东扯西，但是也会很体贴地问你水温合不合适什么的。在兰溪澡堂一共有三个学长是穿着内裤洗澡的，对此我一直很不解。而小鸡鸡总是很开放，在更衣室走来走去遛鸟。

晚上有时候我会想看书，但是一般这个时候小鸡鸡的电脑里都会传出熟悉的枪声，所以我也会忍不住要打游戏。打不过电脑的时候我就退出来看电影。K大有个PT，可以允许你以10M/s的速度下载。我一直不知道PT里的东西哪里来的，网上一种难求的时候，刚上映的大片PT里就会有高清版。睡觉的时候我们会玩百科，就是一个人出类似于开心辞典那种智力问答，剩下两个人抢答。小鸡鸡不知道关羽比张飞死得早，明磊解释说那是因为红颜薄命。有人上了200分就结束开始夜聊。夜聊会聊八卦；会互相威胁抢你女人，虽然明明是一个寝室的光棍；会做星座配对。如果小鸡鸡磨牙的话半夜会醒来，然后不知不觉又睡过去。

　　生活大致如此，在琐碎里重复，在重复里消磨殆尽。只留下一种东西，叫集体友情。

世　博

　　新学期的资服，小鸡鸡要求内务给他排一个双美女班。这个不要脸的请求让他真的可以在周一中午和成悦、阮明兮一起当班。那是真正的双美女班。以舍不得小鸡鸡为由，加上周一下午在本部有政治学原理的课，我会和小鸡鸡一起当班。看到阮明兮的时候，我会假装纯洁地说："想你了，抱抱。"其实，我相信我和阮明兮之间是有友情的，而且很多的样子。每当这时候，我的脑海里总会响起《蒲公英的约定》里的旋律：而我已经分不清，你是友情还是爱情。但是我绝对不能让自己的生活以悲剧结尾，我讨厌悲伤的结局。必须自己把握自己的生活。

　　每个周一的中午总是一周最开心的时候。方耘会来看我，我会告诉他们一些关于兰溪的搞笑的事情。阮明兮会问我一些傻逼的问题。比如衣服上的L是large还是little。我很喜欢她没事找事的样子。

总是感觉成悦有一些喜欢小鸡鸡，从她看到小鸡鸡踢球开始。如果这样的话会很好，成悦是个好孩子，我很乐意看到小鸡鸡不至于未来把自己的感情献给广大狐狸精们。

有一天很惊喜，小鸡鸡说，送我一个老婆吧。成悦问她，你看我怎么样。我问成悦你们系有什么帅哥哦。她说都比小鸡鸡还难看。虽然是骂小鸡鸡的，但是也可以理解成在她眼里小鸡鸡比他们院的男生都要帅。

我问小鸡鸡你喜欢成悦么？他说没感觉。后来我偷了他的手机把自己的联系人名改成了12520。然后给他发短信：回复男姓名女姓名（如谢霆锋配张柏芝），马上揭秘你和意中人的缘分指数，找到命中真爱！网络头名解缘，测了都说准！每条一元。一分钟之后，小鸡鸡回复说肖继军、成悦。这件事情我只告诉了阮明兮。为了撮合他们，我们准备大家一起去世博。

其实很奇怪，我和阮明兮之间，虽然什么都没有说，什么都没有做。但是我在潜意识里已经把她当成自己的女朋友很久了。她不许我翘课，我也真的在翘课之前都会向她请假。有时候还会陪她去上数学课，看那个二二的老师站在黑板面前一个人投入地做题。他的背会挡住所有人的目光，一个人做啊做，用所有的方法都做一遍。然后转头嘿嘿一笑，说这样就好啦。我一直觉得他的精神在崩溃的边缘。数院出疯子是K大的共识。人所共知的就是有一个人，在学习号称K大最难课程之一的复变函数的时候，想啊想，就疯了。另一个人比他好不了多少。上足球课的时候，他问老师，为什么颠球要用脚颠。老师说，你自己去想。然后他就坐在那里一直想，想了整整一个月，然后说我明白了。其实他是个天才，也许他的理解才是真正的理解。有点扯远了，我想说的是，我在潜意识里一直把阮明兮当成自己的女朋友看。如果有一天本部全烧起来了，无论我在考试还是尿尿，我都会立刻停下来冲回本部，看她是不是还好。

　　每次想起阮明兮，心里都会有种矛盾的感觉。我当然喜欢她，但是我有多害怕，害怕在一起之后，她会发现，我没有她想的那么好。我多想晚点才遇见她。多想独自再生活几年，一个人把荒芜的阡陌修成宽广的大道，然后拉着她的手，安稳地走向永远。我害怕我们过早地在一起，她会经受不住爱情的坎坷。相遇固然美好，但为什么是在我们的18岁，我还一无所有的时候。多想晚点遇见她，我好更珍惜她。

　　和阮明兮在一起，那种扑面而来我无力掌控的暧昧，让我知道几个月后一切就会有一个结果。我绝对不会拒绝她，她应该也喜欢我吧。可是我做好准备了吗？在没有资服的日子里，和她以恋人的方式相处。我够格吗？我有这样的能力吗？和我在一起她会觉得无聊吗？我能给她她所应得的生活吗？未来我有什么能献给我喜欢的女生？

　　我们在一起会吵架吗？我们有一天会分手吗？她的离开是我能承受的痛苦吗？如果有一天我们会形同陌路，甚至彼此怀恨，那么永远不要开始会不会更好？多想晚点遇见她，让她做我最后一个恋人。那时候我已经砍光了我们路上所有的荆棘，我已经心安理得，我已经学会了怎样去关心别人，怎样谈一场永不分手的恋爱。

　　但是阮明兮说过，世界上最珍贵的东西都是免费的，空气、感情。所以有时候我也会告诉自己，不要想太多。爱一个女孩子，与其为了她的幸福而放弃她，不如留住她，为她的幸福而努力。其实无论我怎么想，当她站在我面前时，一种无法控制的力量会推着我前进，除了爱她，我没有任何选择。

　　世博有什么意义？世博是中国公民排队意识的良好体

现。排队进园区，我们前面差了五个人没有拿到中国馆的预约券。然后在浦西逛，其实浦西还好啦，很多馆并不需要排很长的队。浦西的意义主要在于敲一些城市馆的章作为国家馆的预约券。总结起来就是小馆放照片，大馆放电影。

和阮明兮一起去上海城市馆，好想和她共同拥有这样一个家。后来不知道排了多久的队才坐轮渡过江。那时候我才知道为什么叫轮渡，轮渡几乎就是轮不到你渡。黄浦江的水还是一如既往地很黄很暴力。所以有时候觉得，和浦江夜景的华丽相比，夜晚是城市的粉底。

到了浦东，才知道什么叫人头攒动。世上本没有路，走的人多了就有了路。世博园本来有路，走的人多了就没了路。

出来之后肚子已经饿了，于是我们就去找吃的。远处是海宝，走啊走，终于找到了一家肯德基。突然发现肯德基爷爷长得好像禅师菲尔·杰克逊啊。

排队的时候小鸡鸡站在我的前面，口齿不清地说："二两鸡腿堡。"

我想鸡腿堡还能像食堂一样二两二两地要的啊。"二两鸡腿堡？"我很疑惑地问。

小鸡鸡瞪了我一眼："奥尔良鸡腿堡。"

话都说不清楚还这么凶。不过也能理解,男人嘛,成悦在身边,总要在自己喜欢的女生面前表现得霸气一点。

吃完饭之后走了一会儿,两个女生明显腿脚不行了。所以我说,我们找个地方排队歇一会儿吧。那天排的第一个长队是在西班牙馆,我们有预约券。不过好像有预约券的人比没有的还多。一些人很开心地推着轮椅从我们旁边快速穿过。西班牙馆其实没什么好看的,一个山洞,洞里面在放电影,又不开灯,差点把阮明兮弄丢了。后来我还是把小鸡鸡和成悦弄丢了。

和阮明兮在外面晃了一会儿,半个小时之后他们还没有给我们打电话。于是我知道,没有我们,他们也许会更好。

"我们走吧。说不定她们两个,嘿嘿。"阮明兮很八卦地笑笑。

"好,我数到十,他们再不出来我们就走。"

"还要数到十啊?"

"十!我们走。"

我和阮明兮都不喜欢排队,去的都是些没什么人的小馆。其实小馆里人也很多的啊。捷克馆里放着一段很好听的音乐,我告诉她那叫《沃尔塔瓦河》。

排队就像清朝人的辫子,太长了就要绕在头上。忘记

浅喜欢

排哪个馆的时候，本来觉得自己离入口很近，没想到还要先绕馆一圈。排队的感觉很不好，站在人群中，谁都是沧海一粟，谁都那么渺小。被裹挟在人流中，你再也没有了自己的意志，大众向前，你也只有向前。像羊群一样挤来挤去。有一个装置在喷水雾给大家降温，让我愈发觉得这里像屠宰场的门口。阮明兮就在我的身边，我不能让她就这样庸庸碌碌地度过一生。

　　晚上了，人稍微少了一点。和阮明兮一人买了一杯DQ。美国馆的门外有一个黑人在唱歌说话。等我们出去的时候，他又在对另一群人重复。我想世博对他来说也是不人道的，一天重复无数次，一共重复好多个月。美国馆就是放电影。怎么说呢？很客套的感觉。如果只看电影，你会觉得美国人真是太友好了。只是二维的银幕和三维的现实对比起来，就像一场讽刺的双簧。

　　一起坐在那里看电影，阮明兮的脸忽明忽暗。突然她转过来看着我的冰激凌笑着问："这个味道好吃吗？"

　　"嗯，蛮好的。"

　　我能感觉到比平时略微长一点点的停顿，然后在昏暗的灯光里我看见她的脸上交织着害羞和活泼的表情晃晃头说："我也要吃。"当时的感觉就好像要飞起来了一样。如果我有心脏病的话当时一定就死掉了。然后我呆呆地看了她两秒钟，然后她故作纯洁地把眼睛又睁大了一点。我这才醒过来，鼓起勇气用长长的勺子喂她，她也喂了我一口。其实并没有持续太长的时间，但是似乎一切都从此很不一样了。剩下的时间大概就是食不知味的感觉吧，胸膛里堆满了幸福和心跳。

出来之后，和她漫步在世博轴上。阮明兮递过我一瓶奶茶说拧不开，我帮她拧开了，自己先喝了一口。我很自然地拉着她的手，喝着她的奶茶。她也只是看着我微笑，不多说什么。我们的手握得很紧，拉到手心里都是汗也不愿意分开。好像彼此下一秒就会消失一样。我很喜欢这样的感觉，瓜熟蒂落。不需要精心设计一场表白，来完成彼此感情的飞跃。就这样在每一天的生活里，越来越亲密，自然得像呼吸。

世博会结束之后小鸡鸡明显情绪高涨，经常偷偷摸摸拿着个手机笑得眼睛都看不见。其他人也过来问我，小鸡鸡这几天天天盯着自己裤裆乱笑干什么？吃饭的时候我们奋口狂吃，只有他不时盯着一盘土豆牛肉发呆，表情还特别淫荡。种种迹象都指向一个结果，那就是他要恋爱了。终于在一家

浅喜欢

快餐店他向我坦白了这一点。那是小鸡鸡很喜欢的一家快餐店，他一直说这里的上校鸡块口感独特，有层次感。我告诉他是面粉放多了。小鸡鸡和成悦的恋爱让世界上从此又多了一处蛋疼的情侣空间。两人还互相加为特别好友，下面都是一些臭不要脸没见过世面的备注，什么活到现在见过的最好的人。上飞信也经常看到，先是小鸡鸡上线了，几秒钟之后，成悦上线了。

小鸡鸡他爹是黑龙江的一个中学教师，有一天，网络通到了他爹的学校。他爹居然注册了"人人"。有一天小鸡鸡正要上二人网发肉麻状态的时候，赫然发现最近访客是自己的老爸，看光了他所有的日志和情侣空间。

我恶趣味地把这件事情在资服四处传播，阮明兮说："小鸡鸡和你住一个寝室真惨。"方耘说："水母你果然知道和牧之一起住是什么感觉呀。"其实那个时刻我好开心的。

也许是因为这件事情，小鸡鸡改名了，改成了程设，成悦也改名做了高数。成悦一直是状态帝，什么破事都要发个状态广而告之。脸上长了个痘痘都说那是相思痘。然后每条状态下面几乎都是小鸡鸡第一个回复，一般都是摸摸。

我很想知道十年二十年之前的大学生是怎样恋爱的，忽忽然间世界就变了这么多。明磊正在寝室里面玩360开机游戏，他表示自己经过多次优化之后终于有一天战胜了全国90%的电脑，获得了五星神机的称号。我说你什么时候你战胜全国100%的电脑，那上面会说请来360公司工作。而小鸡鸡正在QQ上和成悦聊天。

"想你了。"

"摸摸。"

"我今天很乖的。"

"摸摸。"

我们都爱360，我们都爱QQ。可是有一天他们打起来了。360说："你老婆在跟踪你。"QQ说："你再跟那个贱人搞不清楚，以后就不要碰我了。"有人选择了360，有人选择了QQ。有人选择了用手机上QQ。方耘说他一直有个梦想，梦想有一天昔日360总裁的儿子和腾讯总裁的儿子能在360保护下的两台机器上QQ激情视频，共叙情谊。

这是个网络的时代，连比喻的时候我们都会说，从此内心变成内存，重启后回忆一滴也不剩。也许生活是一个高压锅，而网络就是我们的排气阀。

小鸡鸡的生活几乎完全被游戏和成悦占据了，除了专业课之外不是翘掉就是睡觉。有一次刚睡醒，闭着眼睛摸了摸课桌，突然说："我操，键盘呢？"我还记得大二刚开学的周三我问他，"下午没课啊？"他说下午翘课。学期中间我很无知地又问了一次，他忽略掉翘字，直接就说没课。剧透一下后面的结局，小鸡鸡把没课说多了，就以为真的没课。最后期末考试都没去。

　　回寝室之后小鸡鸡一如既往地泡在人人上，那时候正在流行一个K歌的应用。而有意思的是，可能是硬件的原因，小鸡鸡在我的电脑上能轻松唱出六七千分，在自己的电脑上只能唱三四千分。如今的生活，甚至是一个角落都在教育我们，这就是不平等。

　　"人人"上的热点一直在换，从QQ、360再到钓鱼岛。我是个很爱国的人，所以我分享了钓鱼岛的那些状态：把侵略者从我们的土地上赶出去。后来老贼一语惊醒梦中人，你看不出钓鱼岛的状态是中国人发的还是日本人发的。就好像之后的反日游行。我在思考游行的意义是什么？所以游行是为了警醒国人的，而和谐是喊给世界听的。麻痹别人的话，千万不要最后麻醉了自己。

　　生活就是一种重复。明磊说，万圣节到了，光棍节还会远吗。对我来说，又要秋游了，又是阮明兮的生日了。

今年的秋游是在百联又一城溜冰，阮明兮像残疾人一样哆哆索索地扶着栏杆走路。于是我就拉着她的手教她怎么保持平衡。后来大家一起玩冰上的老鹰捉小鸡。最后方耘要我和阮明兮合影，还特意拉了一个小孩放在中间。不过那小正太不配合，临阵跑掉了，说不上什么太深刻的回忆。

晚上是我精心规划过的，当大家在吃饭的时候，我和老贼先吃完然后去上海歌城排队。在那里，我把从其他人手里收缴来的手机排成了一个心形。阮明兮在大家笑眯眯的簇拥中推门进来，包房里一片黑暗。然后我群发了一封飞信。然后那些手机，虽然并不完全一致，却也相继亮了起来。

阮明兮双手掩住嘴巴好像不相信一样，一脸不可思议地看着我。我摇了摇自己的手机冲着她微笑。现在想起来简直就像手机广告。我的手机是当时唯一一个在放铃声的：帕格尼尼狂想曲。我最钟爱的旋律，送给我最钟爱的女生。他的另一个名字是：love variation。

冲动总是一时的，两个人这样站久了，就没有了拥抱的勇气。老贼说么一个吧，我们脸红了一会儿，都说不要。然后老贼拿出了一张塑料皮，说隔着这个也行。我想老贼真是个不解风情的人，他应该用糯米纸才对呀。

浅喜欢

　　阮明兮无比温顺地站在我的面前，那么近，还是那么美。我觉得我们口中呼出的热气都已经交融在一起了。我把塑料皮印在她的额头。其实我很紧张，所以只是把嘴唇轻轻地放在上面，但是我有很用力地去感受那种存在。

　　几天之后是小纸条和天使行动。文化递给我一个信封，里面是资服人写给我的话。大部分都是勉励我和阮明兮要再接再励的。有一张是阮明兮的，她说：我知道那天会有惊喜，但是我从来没有那么惊喜过。
　　文化要我猜天使行动的礼物是谁送的，我不假思索就说是阮明兮。她的字我永远认识。阮明兮送给我的是一个钱包，钱包里放着一张100元的电话卡。电话卡上写着一句话：送你一个钱包，以后再也不要看到你自摸全身找零钱了。
　　晚上10点钟上床，却不知道为什么神志一直那么清醒。很安静的夜，只能听见闹钟滴滴答答的声音。我突然觉得好害怕，时光就在这一圈一圈的运动中流逝，尽管我们感觉不到。每天起床，似乎今天的自己和昨天的自己没有区别。可是就在这每一天的没有区别中，某个回忆，已经是很久远的事了。某个自己，都显得那么陌生了。某个现实，已经那么不可思议了。时间真是个说不上伟大还是可怕的东西。你可以追得上风，却追不上时间的脚步。唯独在他面前，你会觉得自己是无力的。再坚强的斗志，在时间面前，也只能选择顺应。

今年19岁了，还很年轻，还可以说，我希望怎样怎样。说出来，不会觉得愧疚，因为的确有可能实现。哪怕我是个彻底的混蛋，依然可能实现，理由仅仅是，我才19岁。可是总有一天我会40岁、50岁。那时候的我，如果还庸庸碌碌，再回想起过去的时候，爱过的人，做过的梦，会不会觉得愧疚？年轻的时候还可以谈理想，老了连谈的资格都没有了。

人其实只有两件东西，梦想和现实。而时间做的只是一件事情，那就是抽离你的梦想。唯一的区别在于，有人在梦想被抽离之前将他转化成了现实，有人却任其化为虚无。我知道阮明兮是喜欢我的，可是我害怕自己给不了她所应得的生活。害怕当我们走出这无忧无虑的青春的时候，我却没有什么能献给我喜欢的女生。如果没有，即便她愿意留下，我也必须割舍。

想到未来的时候总是觉得一片迷茫。在这样一个时代，平庸地走向社会就意味着余生会在被人彻底的盘剥中度过。做着自己不喜欢的工作，和不喜欢的人结婚，用一生换取城市的一个角落。我相信我们不是为了这个角落而奋斗，而是为了那一丝的，超脱这种生活的希望而奋斗。

所以无论如何，能做的只有努力。哪怕一片漆黑，也要全力奔跑。我只是害怕，某些年后，如果失败了，曾经的壮志会不会一个个回头嘲笑我的无能。担心即便掌控了自己，却掌控不了命运。如果真的有命运的话，我祈求，不要让我失败。我已有心爱的人了。

突然好想听阮明兮柔软的声音，一想到她，全身都会微笑。已经十二点了，不知道她有没有睡觉。

欲望和思念一样是个很难抑制的东西，真的想做什么事情的时候，会给自己找各种借口。我想和自己打个赌吧，如果她手机还开着，那么明天我就不玩游戏了。

"喂。"阮明兮刻意压低了自己的声音。

"喂，我是牧之。"

"嗯。"

"你在哪呀？"

"在家。刚准备睡觉。"

"我也是。有没有打扰你呀。"

"没有啊，我也不是很困。"

"那就好。谢谢你的礼物。"

"呵呵。谢什么呀。"

其实我也不知道阮明兮那句话是什么意思，究竟是不用谢还是你谢我送的哪个东西。"谢谢你的电话卡。"

"呵呵，嗯。你在干什么呀？"

"睡在床上给你打电话。"

"我现在也是。"

"你真的很少给我打电话唉。"阮明兮说。

"嗯。你给我报销了嘛。"

"哼哼。你想干嘛呀？"

"不知道，想听你说话。"

"说什么呀。"

"不知道。"

"你不是很八婆的嘛。"

"哪有？"

"今天我的文曲星坏掉了。"

"那个好记星是吧？"

"嗯。"

"换个烂笔头牌的吧。"

"哈哈。嗯……你最喜欢的一句话是什么啊？"

"我相信正义必将战胜邪恶。"

"切，你有意思哦？"

"很有意思的好哦。因为胜利的一方会让你相信他就是正义的。"

"嗯，你觉得我是什么样的人啊？"

"超级漂亮。"其实我有想过为什么阮明兮在我眼里会那么漂亮，会不会是情人眼里出西施什么的。不过这个假设本身就颠倒了最初的因果关系。而且我想仇人眼里她也是西施吧。

"你去死。"

"真的呀。第一次看到你的时候我就想到一句话：在你面前，男人都是不自量力的。"

"喔唷，你一天到晚就这句话到处骗小姑娘。好了，不和你讲了。你啰里吧嗦的。"

沉默了一会儿，我肯定舍不得挂，阮明兮也没有，她说："你给我唱首歌吧。"

"好的呀。你在学物化（物理化学，号称K大最难课程之一）是哦啦？"

"是呀。干嘛？"

"我给你唱校歌吧。物化物化化物化，这门课程容易挂。物理定义数学方法，中英结合想自杀。"

"你流氓兮兮的，拖出去枪毙五分钟。唱其他的呀。"

蒙在被窝里面打电话是种很好的感觉，手机离耳朵很近，另一头的声音很轻。就好像她一直凑在你耳边讲话一样。我唱了几首，然后就在我停下来的时候，她突然轻轻地说，我想抱你。那是一种刻骨铭心的温暖的感觉。我说周一就去。她说好。

醒来的时候，觉得昨晚就像做梦一样，怎么会有这么好的女孩子。脑海里和她在一起的每一个片段都历历在目，这些居然都真的发生在我的身上。难道这就是奇迹吗？

期　末

大二了，终于懂得大学考试也是应该要复习的。明磊回寝室发现我居然在看书。

"你好乖呀。"

"去你的。"

对明磊来说，复习是为了拿A，向法院的母绩点王发起冲击。对小鸡鸡来说，复习是为了不挂科，混张毕业文凭。如果没有挂科制度的话，可能会有一批人彻底堕落在大学里。所以说只有挂科制度，才能最大限度地激发大学生的学习积极性。

早上九点钟，窗外在下雪，明磊已经出门了。小鸡鸡依然躺在床上，看一眼外面，突然乐呵呵地唱了起来："北风那个吹唉……雪花那个飘嗷嗷……躺在被窝里……吹着热空调嗷嗷……，其实他也有蛮认真地复习专业课的。对大学里的很多人来说，每学期的最后一个月才是开学。也就是所谓的：一花一世界，一树一菩提；一天一门课，一周一学期。这样的场景可能在每个学校都是一样。任何一所学校里，平庸的大学生都是相似的。比如小鸡鸡上了一学期的公司法还觉得法人是被绳之以法的人。当然小鸡鸡总是有自己的理由，他说他之所以不学习是因为看不起一些扯淡放屁的写教材的人。好好的东西写得鬼都看不懂。话粗理不粗总比话不粗理粗好。我看见小鸡鸡无欲无求的眼睛，里面充满着面对考试时重在参与的体育精神。

复习的时候总有种想死的感觉。成悦说，有些人自己死了，还不让别人活，比如莱布尼茨，比如拉格朗日。因为很多类似于这些的话，我一直以为成悦的绩点很一般。后来才知道她有3.6。

期间遇到了一次阮明兮。那天在下雨，我去找她复印笔记。她在宿舍楼下把笔记递给我，而我的伞向她60度地倾斜。我觉得那是一个很美景色，只在校园里才会有的爱情。可能熬夜熬多了的缘故吧，阮明兮眼睛有些凹陷，我见犹怜。瞬间沦陷在她沦陷的眼眸里。我说以后早点睡，你也要光合作用的。

浅喜欢

期末复习需要讲究效率，比如中外音乐审美这门课吧，说好是我们三个人分头整理的。整理好的资料，互相交换一下。后来我去打印整理的资料，一共是120页。而一次偶然的机会让我发现，明磊的是140页。所以我一直怀疑他私藏了什么东西。

在这样有效率的学习方法下，我们还是发现时间不够用。小鸡鸡的选择是烧香斋戒，好几天粒米未进，都吃的是菜包子，我的选择是去通宵。兰溪没有通宵教室，本部的肯定也被占满了，所以我决定去通宵营业的肯德基。到的时候肯德基已经基本被K大包场了，所以才有了那著名的对白。

"妈妈，我想吃肯德基。"

"乖，再忍两天吧。等K大考完试我们就有位子了。"

每年期末的时候学校的复印店都会异常火爆，一份份厚厚的考前突击、考完就忘的讲义在那段时间里被集中地制造出来。这么多的树木被砍伐，并不是为了知识，更多只是为了urp系统里的A、B、C、D。而我的脑海里常常会响起姚明低沉的声音："没有买卖，就没有杀害。"

考前回家洗袜子，离开寝室的时候听见小鸡鸡的最后一句话："学专英不能心浮气躁。不能心……浮……气……我QNMLGB！"

| 期 末 |

18号开始专业课考试，17号晚上通宵复习。中午不睡，下午崩溃。通宵一时爽，早早火葬场。考前已经有一种不祥的预感，因为买了一盒薯片，全是碎的。考试的时候脑子更加运行缓慢。19号考最后一门，没什么特殊的感觉，满脑子都是晚上的资服散伙饭。一年半的时间，我终于也要离开资服了。

坐在一个不知道叫什么名字的店里吃火锅，嘴里全是忧伤的味道。我要走了，阮明兮也要走了。2009年9月一起进资服的人几乎都走完了，在这个集体里面，属于我们的时间，终于也结束了。而在这个集体外面，属于我们的时间，还没有开始。

方耘问我下学期要不要陪他养老。我说退休吧。小朋友们都不认识了。隐约觉得这句话哪里听过，想想是蚊子说的。方耘说兰溪还有尚道公司，会不会去那儿。我说不会了吧。大一才有那样的心情去投入一个集体。资服就像初恋，其他的都不一样了。方耘没有做到老大，我很为他可惜。

我问阮明兮下学期去哪？她说总助调她去人力资源部做副老大，我说我会经常去看你的。她说嗯，我们这一拨人全要走了。

浅喜欢

无论明天怎样，在一起时就觉得开心。先在聊歼20。老贼说，J20为毛能隐身你知道不？因为雷达搜索的时候会显示，根据相关法律法规和政策，部分搜索结果未予显示。然后再聊奶茶MM，方耘喝多了，一遍遍地说："枪在手，跟我走。去清华，抢奶茶。"那个时刻我看着阮明分，希望不要有哪个傻逼把她的照片也放到网上去。

一起吃了一个多小时的火锅，我觉得还是很饿。很奇怪每次东西放到锅里就捞不出来了。我问方耘我怎么还很饿。方耘说我也是。后来老贼说，我饱了。半个小时之后，大家都饱了。我对老贼说："把你放到猪圈里关一个月猪都会变瘦的。"

饭吃完了，大家拥抱着说再见，就这样散了吗，总觉得有些太突然。我总以为在资服美丽的日子会很长很长，可是美丽的日子就这样没有余音地流逝了。我总是习惯在春熙楼113见到阮明分，以后不会了吗？也许真的有一天，也许就是明年。当我们推开那扇深爱的门的时候，满眼都是陌生的面孔，陌生地看着我们说："同学，你是办理提前还款还是正常还款？"除了灌水本，没有人会认识我们。而也许，又过了几年，我们那个时代的灌水本也会被锁进部门的铁柜里。然后在某一次大扫除中，不知道流离到什么地方。

| 期　末 |

阮明兮看着我的眼睛说再见，我读出那片海里试探的味道。我说前方路黑，怕有妖怪，师太，贫僧送你一程吧。阮明兮咯咯地笑着，其余人喔唷喔唷地起哄，这些都还是熟悉的。可是也许是最后一次了。

拉着阮明兮的手绕着学校一圈圈地走。雪一直在下，在尚道楼美丽的阶梯上，阮明兮把羽绒衫的帽子拉了起来。我说不要。她问为什么。我说这样我们就能一直走到白头。

然后我们拥抱了。和以前都不一样，很久很久的那种。多喜欢这样的感觉，抱着她，不抱任何目的。

很久之后阮明兮笑着把我放开，我看到雪落在她的脸上，一点点地化开，好美好美。我把她头上的雪花拍掉，说我送你回去。

我们就这样在一起了，寒假也这样开始了。她有问过我，我们会结婚吗？我知道19岁谈这个也许还很早。我当然很愿意很愿意，但是我却告诉她：如果我一辈子庸庸碌碌，那么我一辈子都不会娶你。我不知道和她一起的生活，最后会是悲剧还是喜剧。故事可以在这里终结，生活却永远不会停下。我们在这个年纪彼此吸引，可是究竟还能纯洁多久？

20号我开始写这本书，一边写，一边回忆在一起的时光。小鸡鸡、成悦、明磊、蚊子、老贼、方耘等等这些人的身影在我的眼前不断浮现。我经常会想象当他们在书中看到自己的时候，会不会像我一样微笑，也像我一样思念。思念越来越陌生的春熙楼113。

今天是1月30号，我觉得这个故事应该结束了。可能只是一年半的流水账，但是流水账才是真正的生活。当回忆和现实在一个点上交融，这本书也就结束了。希望你看到这个结尾的时候，会像我离开资服一样，觉得有一丝的舍不得。

番外小鸡鸡篇

　　我叫肖继军，K大建筑系大二学生。如果早知道土木工程并不是在纸上画房子的话，我死也不会转到这个苦逼专业来。现在想转回去，可惜绩点已经低于3.0了，我只能留在这里。已经很久没有听到肖继军这个名字了，整整一年的时间，我被人小鸡鸡小鸡鸡地叫来叫去。曾经很羞涩，现在已经习惯了。

　　我爸是东北老家的一个小学教师，妈妈是标准的家庭妇女，还有个表哥是算命的。作为一个教师的子女，父母对成绩的要求都会很高。而我又不是很聪明的那种学生，学习生涯一路坎坷。初中的时候因为成绩差，爸爸每天晚上提把菜刀陪我做作业。做错一道题，那把刀就狠狠地钉在家里的桌子上。我并没有夸张，这件事是真的。

浅喜欢

我一直很怕我爹，但是有一个信念却一直没有改变，那就是，跟着他有肉吃。在农村做教师是个很滋润的职业，因为不断会有学生家长请客吃饭，希望老师多多照顾自己的小孩。于是我爹这样的老师也乘机多多照顾自己的小孩。

中考的时候我考上了县里的一个二线高中，在爸爸几个同事的子女中算是中等偏下的水平，因此回家又听了几天剁菜刀的声音。高中是寄宿制，一个月才回一次家，感觉周围安静了很多，再也不用担惊受怕地过日子了。也许是这个原因，我的成绩慢慢开始变好。牧之说过，自由的前提是自觉。其实有时候，自由之后才有了自觉，我就是属于这种。我并不是花在学习上的时间不够，而是花在思考上的时间不够。我只是在菜刀剁下来的时候，全身冒着冷汗战战兢兢地想做出这道题。然后一天终于结束的时候匆匆爬上床，享受安静的感觉。我从来没有想过，自己的问题出在什么地方。

在我终于想明白之后，我花了一年的时间锁定了全校第一，高考的时候全县第一。所以我想我最缺少的东西，是方向。然后我来了K大，至今稳坐土木工程专业绩点后百分之三十的位置。如果用四个字来形容我大学的学习的话，那就是"敌进我退"。同学们都在进步，只有我在退步。我想我是真的不爱学习。看看韩剧踢踢球，一天也就过去了。干嘛要逼自己呢？有些人太努力了，以后挣了钱也是用来治病的。

　　我在K大认识的第一位同学是牧之，居然是一个人拎着行李过来的，于是我脑海里闪现出的第一个词汇是：孤单老男人。因为是孤身来宿舍的缘故，牧之给我的第一印象是独立。一周后我才发现这货连袜子都是用塑料袋包着带回家洗的。总的来说牧之是个好人，但也有很多缺点。比如……爱护妇女。这个缺点，牧之努力了很久也没有改正过来。

　　几天之后是牧之遇见明兮的日子。本超门口他突然摇着我的手臂喊好美好美，如果光看那激动的表情一定以为他在喊土匪土匪。所以一开始牧之给我的印象是个很花痴的男人，后来觉得他总体上还是挺淡定的。想想很多事情，什么狗屁第一印象，我再也不相信的第一印象了。我的第一印象全是错的。

　　后来我被资服录取了，从蚊子那里知道当年我差点就被踢掉。如果不来资服的话，我也许会少受很多伤害，当然一定会失去更多美好。如果能成为过去的自己的话，我还会走上这条路，因为我不愿意错过成悦。成悦好有钱啊，所以出门都不用我付账，重要节日备上一份礼物就可以了。失恋的时候我对牧之说，在家靠父母，兄弟最靠谱。如今的我觉得，在家靠父母，出门靠老婆。明磊说我是吃软饭的。我说软饭不是你想吃就能吃的。

　　新老员工见面会的时候我终于看清了阮明兮的真面目，长得真的很漂亮，是我见过的最好看的女生。牧之的花痴是有理由的，他也真的是赚到了，当然我也赚到了。从见面会回来的时候，牧之已经讲不出几句人话出来，复读机一样地重复几个字：哇。我靠。哇。我靠。我也很喜欢明兮，但是我当时已经有女朋友了，所以我不愿意在这个问题上多想。我也没有这个实力。

　　某一天我看当班表的时候突然发现牧之和明兮被排到了一起。果然牧之回来之后就要我陪他去理发逛街。理发的时候我就很为牧之担心，那个理发师看上去就是连自己的头发都打理不好那种。理完之后牧之半夜哭了好几次，觉得几天之内不能见人了。鸭子看了差点笑出来，说这头发理得，突出了你们土木工程人的特点：又土又木。牧之说，你他妈还是软件工程的呢。又软又贱。我安慰他说，让头发自己长吧，一周之后又是一条好汉。其实也不是特别丑，牧之自己太敏感了。

　　牧之去当班的时候我们备好了纸巾等他回来，最后他却笑着回来了。而篮球比赛之后明兮给牧之递水，让我们都觉得很羡慕。

　　在K大，我是个各方面都很平庸的人。习性懒惰，还有点天然呆，唯一的闪光点就是足球了。新生杯的时候我是班级的老大，牧之是老二。但是我确定牧之和我的实力不是一个档次的。我一直怀疑牧之踢球的时候长不长脑子，总之不到山穷水尽绝不传球。被一两个人逼到无路可走的地方就把球往别人脚上踢骗边线球。或者一个人拿着球骚来骚去，失误之后嘴里碎碎念着三字经。当然其他人更加不行，角球能直接开出底线，长传高度超不过膝盖，伸出一只脚来停球，最后球贴着鞋底出界，从此一整天不敢见人。那段时间手机有时候会收到陌生女生的短信，我觉得很开心。但想起在北京的女朋友，和她们聊天是件有些负罪感的事情。为了让自己定心，我很快就把她们删掉了。现在想起来很后悔呀，最好的日子就那样过去了。

　　大学生活没过多久就到了十一，这原本应当是段很开心的时间。却因为和女朋友的分手而变得暗淡。我的第一次恋爱是在高一的时候，我们在一起两个月的时间，后来我的成绩越来越好，她的成绩越来越差，于是她提出分手了。因为时间很短，我并没有觉得特别伤心。或者说因为时间很短，

浅喜欢

我还没有来得及付出感情，痛苦也就被扼杀在萌芽里了。高三的时候，我遇到了这个女生。她说高三是段很艰苦的时间，想找个人一起度过，所以选择了我。现在想起来，我对她来说会不会只是一个随身携带的解题工具而已呢？

高考之后我考上了K大，她去了北京工商业大学，简称北大。这并不是一个不好笑的笑话，而是我经历过的现实。老家有个北京邮政大学的学生，一直以来我们一代人接受的观念就是，他考上了北大。

分别的时候我对她说，我会想你的，我会每天给你打电话的，寒假再见。现在才看清楚她闪烁的眼神里面写着的是犹疑，而不是感动。看来我读取别人表情的能力很差啊。

假期前一天，我去上她们学校的BBS，发现有人发帖说不想继续异地恋了，不知道应该怎么办。我回复她说，那就打电话说清楚之后分手吧。那天晚上我接到了一个电话，女朋友跟我说不想继续异地恋了，想要分手。那时候我才知道同样的事情发生在自己身上和发生在别人身上会有那么大的差别。很多时候我们自己掏心挖肺地倾诉。别人看起来在听，但是并不会那么关心。

假期的第一天我就零乱地到了北京，给她打电话说我们出来谈谈吧。她说你要干嘛。我说我在你们学校大门口等你。也许因为我从小到大看过了太多本小说和电视剧了，严重地影响了我对现实的判断。我以为她很有可能会打消分手的念头，至少会哭几声意思一下，再至少也会表扬我几句，比如你是个好人。最后的结局是，十分钟之后，她给我发了一条短信：还是不要见了。我对不起你。你回去吧。

　　之后的时间我一直保持着冷静，冷静的表现就是我没有立刻回上海，而是一个人在北京玩。一个人去了天安门，一个人去了长城。充分地利用了来回的路费。现在回头想想，还是傻逼了，因为花了更多的房钱。我在北京还有其他同学，但是我想一个人待一会儿。结合后来与杨青珊分手的经历，我每个五一长假或者十一长假都过得提心吊胆。大二的时候，表哥来上海玩。我让他给寝室驱邪，表哥说，没用的，我这些都是骗人的东西。后来他留给我一小包艾草，作为心理安慰。

　　和女朋友分手后十个月的时候，我看到了她的一条状态：我们一年了。所以这个世界看上去很大，其实很小很小，我们之外，容不下第三个人。想起不久之前，我曾经问她最喜欢的男生是谁。她说这个问题不需要回答。真是讽刺啊。的确不需要回答，只是不是我。很久很久之后，当我已经不会为她而伤心的时候，这个回答还是会让我觉得抑郁。

但是也许这是我的幸运。如果我无知无觉地和这样的她渡过一生，应该是件更加悲剧的事情。

　　我从高中开始就迷恋上了挂QQ。很奇怪牧之没有午睡的习惯，他说会帮我照看有没有美女来搭讪。

　　我觉得牧之大一做过的最猥琐的两件事情都和QQ有关。一件是用我的QQ和我的好友聊天。他在聊天之前问我可不可以，我说可以。他问了好几次，我都同意或者默认了。现在已经想不起当初是怎么想的，为什么要答应。想开开玩笑，觉得问心无愧，失恋了想找些事情发泄一下。我也不明白自己当初为什么会那么做。

　　事情的结局是那个女生QQ上向我或者向牧之表白了，我也不知道她究竟心里喜欢的是我还是牧之。牧之问的第一个问题就骚得要死：高中有没有女生喜欢我呀？其实我以前不是这么说话的。骚得要死这种话是明磊的风格。但是人生活在一起，久而久之就会互相同化。

　　另一件事是牧之在学校机房发花痴要和我QQ视频聊天。聊到一半他起来把摄像头转了一下，正好对着他的包。说出去上个厕所，让我帮他看一下。

　　我一直觉得，似乎在我的高中时代，我所依恋的是

QQ，大学之后慢慢转向人人，等我走向社会之后也许又会转向微博。总之从偷菜开始，人人成了我生活中不可或缺的部分。打开电脑，不管要做什么事情，总是不自觉地会去刷新人人。看周围的人在做什么，喜欢什么，用什么样的心情生活。

秋游前一天晚上，看见明兮发了一条状态。牧之的话其实是一个微型小说，直观地反映了他内心的扭曲和变态，以及表面压抑下的镇定。

秋游的时候一起划船，我有点晕船，所以躺在后面。天空明亮得有些炫目，说白了就是亮瞎了我的狗眼。从那时候开始我注意到杨青珊是个美女，当然我现在也是这么觉得的。她很安静，和其他男生很绝缘。我想也许我们可以安静地生活在一起，沉默，但是走很远很远。也许和其他女生在一起的时间会让我觉得更开心，但是我不愿意继续忍受离别的煎熬。和喧嚣的快乐相比，我更愿意选择沉默的幸福。

上岸之后明兮戴上了牧之给她编织的花环，那个瞬间有种童话一样的感觉。温暖的逆光，白色的衣角。用牧之喜欢说的话就是：永生不能邂逅的什么什么。用我想说的话就是：牧之狗屎运啊。

浅喜欢

　　天使行动的时候，我把自己抽到的明兮给了牧之。老贼把自己抽到的杨青珊塞给了我，我装着无力反抗的样子收了下来。我问牧之给女生送什么礼物比较好，牧之说口罩，我觉得太亲密了，送了一条围巾。

　　一场成功的恋爱，在发生的时候一切都会特别顺利。天使行动我也收到了一条围巾，送的人是杨青珊。那时候我觉得这是一种缘分。揭晓天使的现场气氛很火爆，尤其是对于我和杨青珊这种互为天使互送围巾的人而言。牧之很激动地站出来要我和杨青珊拥抱。最后我们喝了一次交杯酒。这是杨青珊所能接受的最大的尺度了。对大部分人来说，这个口味实在是太轻了。

　　从那天开始，我开始认真回复杨青珊的状态，看她的人人主页，分析她的兴趣爱好。尽管话不多，但是我确信我们是好朋友了。然后有一天，我的手机抽风了，于是她成了我的女朋友。

　　和杨青珊在一起的生活如我想象般地平静，平静但是幸福。很快，我就习惯有她的生活了。和她一起上自习，那时候我才知道，上自习的未必是学霸，也可能是情侣。

　　学期临近结束的时候班级举办厨艺大赛，我们的工作是协助胡天忻做鸭子。和牧之出去买食材，我们还尝试着还价，不过好像失败了。牧之说他想起一句话："钱对你来说真的就那么重要吗？讲了三个小时了你一分钱都不肯降。"买完食材之后我们去超市买了些零食，牧之喜欢吃薯片，我喜欢吃果冻。回到寝室的时候明磊发现我在吃果冻，立刻表示了谴责。说以后不要买这种东西，几岁的人了还吃果冻，里面乱七八糟添加的东西很多的。正在我无话可说的时候，明磊说，给我吃几个。

　　接着胡天忻就开始做鸭子了，弄熟之后给我们尝了一尝，做得那叫个狗屁。唯一的优点就是：还是热的。端着这盘鸭子去参加评比，原本以为会被班上的贤妻良母们鄙视得悬梁自尽。没想到胡天忻做的鸭子虽然狗屁，其他男生做的东西更加狗屁不如。我认真地帮牧之观测了明兮是否贤妻良母，如果是的话就给她封个大贤良师的名头，结果她没有掌勺，看不出什么来。

　　买原材料的钱是我和牧之垫付的，胡天忻一直赖着不还。他说人贵在言而有信，我说不还钱就不还钱。所以我决定，以后宁可用钱擦鼻涕也不会借给他了。哎，这个世界上骗子多是因为傻子更多。

浅喜欢

　　寒假在寒风飕飕中回到东北老家，明磊因为买不到票只好坐飞机回去。明磊说那架飞机破得要死，第一眼看就觉得它撑不到贵阳。速度还贼快，晚点出发提前到。降落的时候看见了工作人员鼓掌。他说工作人员鼓掌一定是因为觉得命大，居然没出事。

　　春节期间的东北只有一个字，那就是冷。常温下的啤酒居然比冷藏的还要冰爽。很久没有见到家人了，怪想他们的。离开家之后才知道家的意义是什么。家就是袜子不用自己洗，吃饭不用去食堂，随便在哪都可以大声擤鼻涕不会觉得尴尬的地方。当然这么喜欢家的前提是我已经忘了被爸爸拿着菜刀恐吓我做题目的时候了。

　　家里又待了几天，爸妈大概也习惯天天看到我了，生活便渐渐回到中学时的轨迹。在学校的时候他们说想我了，现在看来只是想骂我了。看电视骂，开电脑骂，玩手机骂。出去玩骂，在家蹲着也骂。突然想起天天回家的牧之，好脾气原来是这么练出来的。

　　回家的时候遇到了算命的表哥，我把杨青珊的照片给他看，让他帮忙看看相，算上一卦。表哥是新一代的算命先生，不仅会看相，而且还能结合星座知识进行分析。看完之后表哥没有装神弄鬼，很白话地告诉我，她和你想象的不一样，你要多加小心。当时觉得表哥在扯淡，几个月之后，我的心里爆出一句话，表哥神人啊。

姐姐正好赶在寒假的时候结婚，吃饭的时候爸爸说："哎……养女儿干嘛呢。辛辛苦苦养那么大，就送人了……"当时觉得很感伤，很少见到爸爸这种忧伤的样子。有一天我结婚的时候，妈妈会不会也很伤心呢。小时候妈妈很喜欢抱我，说再大点就抱不动了。子女和父母的感情总是这样，小时候不理解，长大了有一天你理解的时候，表达起来又觉得太肉麻，最后常常不了了之。

到上海之后发短信问杨青珊哪天到，要不要我去火车站帮她搬行李。她说不用了，她自己一个人就可以了。但是无意间路过她寝室的时候，我却看见另一个男生在帮她拎包。我很犹豫要不要走过去，最后我还是装着没看见一个人走回去了。但是那一幕一遍遍地在我的脑海里回放。我使劲地说服自己，他们只是偶然的相遇。大家都是一个专业的，这么做是应该的，我不可以表现得太小气。

但是事实却让我说服自己的理由越来越显得乏力。有时候杨青珊会主动地约我出来，更多的时候却会拒绝我的邀请。没有理由，只有漫长的，逼着我挂掉电话的沉默。慢慢才发现，原来沉默才是真正强大的语言，无从反击的王道。

现在想起来，也许那些主动和拒绝，反映出了她内心的挣扎。她曾经挣扎着对我说，你要相信我。我相信她，相信到怀疑自己。

有一天我知道她的钱包丢了，我想帮她找回来。她说不用了，别人已经帮她找到了。我说是那个拎包的男生吧，她说是的。她丢失钱包的事情我直到那天才知道。这说明，我早已经不是她心中的第一选择了。从那一天起，我做好了分手的准备。我不知道自己做错了什么，我很努力了。也许是因为不够浪漫吧。她曾经问我有没有在雨中的校园漫步，我说你出门没带伞吧。

五一的前一天，她给我打电话说要分手。我很后悔没有听从她的劝告。几天前她对我说过，说自己不够好，要介绍另一个女生给我认识，我拒绝了。如果我听话的话，也许那种失恋的伤痛就会因为有人填补而减少很多了，可惜我没有。这让我想起自己刮发票的时候，看到了"谢"字也不会停。一直会挂到"谢谢惠顾"才愿意罢手。很多很多的事情，想想真是一样一样的。我不知道坚韧究竟让多少人最后成功，但是坚韧的确让我们耗尽尊严。

分手之后总觉得还有很多话没有说完，她却再也没有回复过我的短信。她留给我的最后一句话是："你怎么说我都可以。但是我一定要追求我的幸福。"如果别人看到了这条短信一定会觉得我之前在骂她。其实我什么都没说，我只是说我很伤心。我是个没什么攻击性的人。

我一定要追求我的幸福。这句话现在是我的座右铭。一直到现在，我对她都没有任何的怨恨。在我心里，她依然和世界上大部分的女孩子一样善良多情。她所做的一切，都可以用一句话来解释，那就是人之常情。而我，为什么会连续遭遇这样的爱情结局，一定是有原因的。只是我自己不知道，你们从这篇自白中也不足以认识。

她留给我的只是一段没有对错的生活，和一段时间的，难以逃避的伤感。当然如果我现在没有成悦的话，这些话并不那么容易说得出来。

总的来说，我们在一起的日子就像一段音阶。看到别人写的一段话，总是让我觉得那么的伤心：

你说，来陪我好么。

你说，每天都要想我哦。

你说，时间太瘦指缝太宽。

你说，我愿意为你做一切。

你说，我来照顾你吧。

浅喜欢

你说，让我一个人静一静。

你说，还是把我忘了吧。

你说，你不能为我考虑考虑么。

你说，祝你好运。

爱情也有她的生老病死吧。我曾经对她说，爱我少一点，爱我久一点。她只做到了第一点。我不恨她和他，恨也没有用。被恨的人没有痛苦，恨的人才一身伤痕。从那天开始，我连为她吃醋的权利都没有了。

她象征性地问我："我们以后还能做朋友吗？"我想都这样了还做朋友。你敢不敢更假一点。其实分手之后还做朋友的，要不没爱过，要不还爱着。对我来说，那是不可能的了。她说你是好人。我觉得她说得对，我也是这么觉得的。

牧之回寝室的时候，我已经一个人在小屋子里面待了十天，不想看到别人，也不想说话。他回来的日子，我已经把伤口舐得差不多了。在我伤心的日子里，牧之总是对我说一些很励志很昂扬的话。我想他的生活大概是太顺利了。他永远不能理解我坐在那里，过去很迷离，现在很窝囊，未来很茫然。

从那天开始，我开始学着打游戏。每一代人的生活方式不一样。如果在其他年代，我可能会学着抽烟喝酒。而在这个年代，我学着打CS和DOTA。很快就发现DOTA的热度很高，但是DOTA太耗智商了，而且容易打出火气。所以我每天专心地打打CS里面的bot玩。有时候无聊的话，还会把电脑里面塞满病毒和启动程序，开一次机要10分钟。然后360告诉我全国有百分之一的电脑被我击败了。我很想知道这群变态究竟在哪里，后来我在学校的机房找到了他们。

食堂里遇见过一次杨青珊，心里一阵绞痛。不想看到她，不想听她的消息，不想听别人谴责她，不想听别人安慰我。其实用脚趾头都能猜到，我周围的人会说她这样真不好，她周围的人会说，你应该追求爱情。其实我认为她周围的人说得对。绞痛的另一个原因是她看上去更漂亮了。后来的一天，我们又相遇了一次。她看上去丑了一点，我的内心比上次安静了很多。

爱着爱着就淡了，想着想着就算了。翻滚的痛楚最后没有悬念地被汹涌的时间淹没。人人上牧之明目张胆地分享了一个美女相册：哪个都是你无法抗拒的类型。点进去一张张地翻着，突然觉得豁然开朗。世界好美好啊，有这么多的美女可以看。我发现自己还是喜欢现在这样孤身一人的生活。

浅喜欢

白天吼寂寞，晚上看美女。没事和光棍兄弟出去喝酒。可以重新加入八卦的生活。说到看美女的问题嘛，男生几乎都有一双发现美得眼睛，但是多少男生的眼睛同时还能发现自己的丑呢？人人都想找个大美女，长得好身材好，对自己热情对别人冷淡。可是我们每天打游戏上网，我们算什么东西？

突然很开心地想唱一首歌："single boy, single boy, single all the way."单身是件很好的事情，虽然带着痛苦的撕扯。但并不是每一场雨都安安静静地落下。那些久旱的土地上，往往都先是漫天的雷霆，随后才是漫天的甘霖。

其实我觉得人人上分享很能反映出一个人的爱好和性格。比如牧之喜欢分享美女图片、人生感悟，老贼喜欢分享左翼政治评论，而我是个低调的万年收藏党。

看美女看到最后我发现自己喜欢上了允儿和韩剧，明磊骂我低俗，对此我概括地承受。其实追星和谈恋爱是一样的。先是好感，然后喜欢，然后一段或短或长的上升期，然后爱上，然后疲倦，然后分手。追星的好处第一是对方的质量比较高，第二不存在被拒绝的问题，第三是只有你甩别人没有别人甩你，第四是很多人一起喜欢的时候你不怎么会吃醋。而他们最大的一个共同点就是宽容，喜欢让一个人宽容。喜欢一个人，你便能包容她的一切错误，一切都在你的微笑中承受。喜欢一个明星也是这样，她唱的歌，她拍的照片，她演的戏，你都会放低自己的标准，宽容地去喜欢。

有一天的上午，我把电脑的桌面、屏保、输入法的皮肤，所有能换的东西都换成了允儿。看韩剧成了我的主要爱好，常常被编剧调戏，有时候看着屏幕和主角一起笑，有时候因为剧情而心情不好。明磊说我恶俗，说我中毒不浅，让我别看了。我告诉他，一个刚分手硬盘里塞了几百集韩剧的男生你伤不起。

韩剧看完之后开始看牧之写的小说，牧之的文字不够柔软，情绪不够女人味。其实写青春小说很不容易，而他没有体会到欲练此功，必先自宫的道理。牧之听到我说的缺点之后很生气。骂我天天读烂书，迟早变成猪。

随着时间的推移，我越来越伤得起了。一天和牧之一起刷晨练的时候，看见了她和他。如果事情发生在一两个月前的话，我一定会泪流五斤吐血八两，但是那天我居然笑了。那一刻的情绪，我自己都无法体会明白，但是笑总比哭好。

其实我的心情已经好很多了。幸福不是物质的累积，而是看世界的方式。我愿意用无所谓的态度，过随遇而安的生活。过去的不再回来，回来的不再完美。本来就没什么，生活多美好，有吃有喝有电脑。

浅喜欢

　　时间变得很多，却不知道要干什么。我正处在一个尴尬的年纪，用人人上流行的话说就是：恋爱吧太晚，结婚吧太早；花钱吧没有，挣钱吧太难；玩耍吧没兴致，工作吧没毕业。突然想找回十三岁时那个热爱科学的我。去问藏书最多的明磊："你有时间简史吗？"他说你神经病，我有时间也不捡屎。

　　学期结束的时候在巴麦隆吃自助烧烤，看着明兮把烤好的肉放在牧之盘子里的样子觉得很羡慕。虽然她有时候也会放在我的盘子里。但是那种感觉是不一样的。不知道从什么时候开始，我已经把明兮当成自己的嫂子了。听他们聊天，看他们看着彼此的眼神，想想自己，只能觉得羡慕嫉妒恨。难怪老贼叫我们去喝酒的时候牧之说要等会儿再走。

　　在六味鱼听蚊子的失恋故事，心里觉得很伤心。和他相比，也许我已经算是幸运的了。和他相比，我也不能算被忽视或者低估的了。突然觉得世上其实有很多好男人，只要你愿意去了解。很多很多的好男人好得不那么明显，不是你一眼就能看出来的。不是在地铁上被人踩一脚就能碰到的。需要你真心地去探索。那么好女生是不是也是这样的呢？

　　带着这样的疑问，我准备好好地发掘一下建筑学院的女

生们。最后我得出的结论是建筑学院美女如云。这时候我的
脑海的里响起曾经和表弟的一段对话。

"K大有什么好？"

"K大有很多妹。"

"你不是还没找到。"

这就是我的处境。美女如云不等于她们会饥不择食。

军训对我来说不算很苦，只是无聊而已。这点体能负荷
算什么，我当年的兴趣爱好是拉面。

回到寝室的时候牧之跟我说资服可能要团挂。在这一点
上我和牧之的看法完全一致，坚决不能挂。其实团挂这件事
情，我也是支持的。不过支持的是别人，不支持自己人。

在兰溪的日子里，男生们的集体娱乐活动就是篮球。
我们打得不好，但是打得很欢乐。某某人突破之前喜欢佯装
摔倒，等别人吓了一跳来扶的时候顺势突破。投篮之后如果
觉得手感好会喊一声我靠，骗别人浪费体力抢篮板。某某动
作丑得要死，偏偏还都能进。上篮的动作仿佛倒洗脚水，头
还在空中不停地晃，好像一只找不到妈妈的小蝌蚪。某某投
篮之前会骚骚地看你一眼，好像在说，你来呀，你不来我投
咯。你来啦？那我传了。某某跳起来在空中像条章鱼。某某

浅喜欢

到死都在勾手。

足球只是偶尔才会踢，这对我树立个人形象非常不利。大二刚开学不久的时候，体育部组织了一次大二和大三的足球友谊赛。对我来说那是非常重要的一天，因为牧之约了明兮和成悦一起来看。我很感激牧之所做的事情。很明显这主要是为我牵线搭桥。当然这也反映了他当时和明兮的关系已经很不一般了。普通的朋友并不至于会坐校车过来看你踢一场友谊赛。除非她也想给自己的同学牵线搭桥。总之，也许两者兼而有之吧。

那场比赛哥发挥得很好，虽然最后输掉了。结束的时候我们四个人一起出去吃饭，变化很惊艳的成悦坐在我的对面。我总是忍不住要看她，她也好像经常在看我的样子。其实大一的时候我们就是好朋友了，当然成悦的好朋友很多，但是现在的感觉很不一样。

吃饭的时候成悦一个人在呱呱地讲着鬼故事。她说亚洲最大的地下停尸场在同济的沪西校区。上师大以前是墓地，所以教学楼故意造成北斗七星的布局来辟邪。K大有个女生精神不正常退学了，因为她的寝室门口莫名多出了一只鞋，那叫鞋门。K大以前有很多通宵教室，现在只剩下一间3108。原因是学校有一幢教学楼，因为比较高，一直有很多人在那里跳楼，前前后后一共17个人。后来有个女生在教室里通宵自习。因为很晚了，教室里的人越来越少，所以她就睡着了。醒过来的时候发现教室里的人反而多了，她觉得很奇怪，然后继续看书。其实那时候教室里除了她之外一共坐着17个人。女生看着看着觉得教室里面太安静了，转过去看旁边的男生。居然脸上一点血色都没有，而且还在看解放前的高数书。这个女生心里直接慌了，拿起书就往外走，一出门就跑。回到寝室之后因为心理压力太大也在那幢教学楼自杀了。所以那里一共跳楼死过18个人。所以学校从此只开放一间通宵教室。

　　遇上牧之和明兮两张大嘴，我和成悦的绯闻很快在资服传播开来。所以内务给我排双美女班的时候排的是成悦和明兮。我觉得这也许是资服史上最豪华的搭配。所以牧之每周都会厚脸皮地跟过来，还公然装纯洁和明兮拥抱。不过对于这对八卦界的希望之星，好不容易走到这一步，我们都采取了容忍的态度。

　　毫无疑问，每周最开心的时刻是周一中午当班的那一小时。牧之问成悦她们国关院有什么帅哥，成悦说都比我还丑。我很惊喜地发现原来一句话里可以包含这么多意思。我

浅喜欢

说送我一个老婆吧。成悦说你看我怎么样。我们都好像只是在开玩笑。但是我已经是认真的了，你呢？

回寝室的时候在人人上看到了她和他在一起的照片。现在是个无处躲藏的时代，幸好我已经经受得起创伤。只是零星的针扎一样的刺痛，不再像曾经那样，动脉喷射一般的疼痛。

清明节的时候陪着牧之、老贼还有方耘骑自行车去苏州玩。出发前夜还在纠结究竟是去苏州还是西塘。结果牧之夜观天象，说明天南风后天西风，去苏州的话第二天正好顺风飘回来。于是大家定了苏州。反正风向不对我们就掉头骑车去崇明。

早上6点钟的时候就从被窝里爬出来到学校东门集合。方耘骑的是一辆捷安特风速700的二手屌丝公路车，还没出门就担心爆胎的问题。方耘说你们带备胎了么？我说屌丝哪有备胎。

从上海到苏州几乎就是一条大直道，闭着眼睛也能骑过去。因为是清明，路上的骑友很多的样子，一辆辆高富帅车呼啸而过，其中还有女的。这说明个人奋斗的因素往往不是第一位的。其中还零星夹着几辆大行的折叠车，轮子还没我

头大，同样爆我们十条街。而我们速度只能超超路边要走到
苏州的暴走族。牧之在那天深受刺激，回去干起了倒卖二手
车的勾当。每天各种赃车换着骑，月收入上千，不过现在又
洗手不干了。

喜欢骑车，是因为这种旅行的方式和火车、飞机是那么
的不一样。凭借自己的力量，就能去到很远很远的地方。尤
其是在这样的四月，两边杨柳桃花。让我总是忍不住会想起
她。我所能想到的最美好的时光，就是和成悦、牧之还有明
兮一起骑车来到这样地方。所有的一切都只能让我想到一个
词，那就是青春。

骑车的时候最大的感悟就是，上坡有多辛苦，下坡就有
多爽。我隐约想到了什么，但是也不想多想。

中午在昆山吃的中饭，感觉上海到苏州的路还是颇为
繁华。不像当年去崇明的时候，被牧之带迷路了。有些地方
居然要扛着车走。到了三点钟的时候还没饭吃，全靠我牺牲
人格偷了三个柿子出来。我绝对一辈子也没吃过那么好吃的
东西。

下午三点钟骑到的苏州。老贼一路上都在修车，400买的
国产软尾山地果然质量很挫。链条掉了N次，最后连踏板都自
己飞了出来。而老贼的本事就在于用刀在踏板上挖出几圈螺

浅喜欢

纹出来，把踏板又装了回去。

其实我自己都不知道去苏州的目的究竟是什么。好像除了表示我们蛮有几把子力气之外什么都说明不了。去了一趟拙政园，发现里面都是人，还没有美女。买了几串羊肉串之后就回宾馆打牌了，顺便规划未来的骑行计划。

方耘要骑车去南京，主要目的是为了寻访奶茶故里。老贼要我们通通换成公路车，下次一天飙200公里去杭州。牧之想拉人陪他骑车去自己从来没有去过的北京。当然最终的目标就是走一次川藏线。其实与其一路苦逼地顶着高海拔从成都爬坡去拉萨，我宁愿从拉萨骑车一路滑回成都。

晚上九点钟大家就上床睡觉了。一天的骑行让我蛋疼不已，隐隐觉得鸡鸡瘦了一圈，蛋蛋轻了二两。骑一百多公里过来仅仅只是为了看二十分钟的拙政园和包个宾馆打牌，怎么想都是一件很傻逼的事情。只是太多的事情，和青春绑在一起，就是激情，没有青春，就是傻帽。

第二天果然顺风，六个小时就飘回了上海。顺风骑车让我觉得骑车本身也是一件很有爽感的事情。我2200买的经济适用山地车死活追不上方耘400块买的屌丝公路车。只好装出一副不屑于鸟他的样子。老贼的车子一路上还在掉链子，嘴里一直骂骂咧咧着："妈的。老子回去把这车给卖了。"

几天之后成悦、牧之还有明兮一起去看世博。突然发现我们四个人已经像是一个寝室了。上午没有发生什么事情，和成悦零零碎碎地聊天。下午在黑漆漆的西班牙岩洞里面，我们四个人失散了。人群的一阵拥挤把我和成悦推在了一起，我的手碰到了她的手上。很默契地，我们都没有移开。于是我知道，又一次情感经历要开始了。

这是我一直没有想到的一点，我和成悦会比牧之和明兮更早开始，可能不同的人性格是不一样的。我骂牧之太啰嗦，他说你下一个五一节之前管好自己。

成悦说我们申请一个情侣空间吧。我说好。发送人气请求的时候看到了杨青珊的名字，我犹豫了一下，还是打了一个勾。她说过希望我能找到更好的，现在我终于找到了。有人从我的身边剥夺了她。不是因为我不配，而是因为我值得更好。我很珍惜现在的生活，不是每次单身都能让我遇到她。回想起过去，过去有那么多难过的时候。但是所有曾经的伤心都抵不过现在的幸福。

番外蚊子篇

　　我叫高强盛，K大法学院大三学生，大家都叫我蚊子。如果我不学习的话，我一定是个很平庸的男生，所以学习是我唯一的出路。世界上没有任何我能指望的东西，家境或者相貌。第一次来到上海的时候，我的身上还有泥土的味道。如果我不能改变自己的话，我一定就是这世界上的一摊烂泥。每个人都可以来践踏，或者用高人一等的眼光来俯视。我什么都没有，所以，我什么都不怕。我觉得自己有一种信念：我不是这个世界里的泥土，我是大地。

　　中学的每一天都在轮回一样的学习中度过，少有的闲暇被我用来看武侠小说。我喜欢慕容复、喜欢任我行，喜欢那些大反派。如果他们和主角一起投胎到现实中来的话，胜利的一定是他们。

　　学习的日子并不艰苦。其实，我一直觉得自己是个很聪明的人，因为没有什么东西让我觉得很难。考试是个很容易被量化的东西，比女孩子要好理解得多。看到那些习题的时候，我甚至会有种亲切的感觉。这么多年来，他们和我一起长大。

　　和学习相比，我觉得自己在爱情上是个很低能的人。我猜不到她们想要什么，喜欢什么样的男生。不知道自己为什么会前一刻还在和兄弟谈笑风生，一站到她们面前就突然无话可说。身边的同学们一个个都有了女朋友。从我的标准来看，他们算不上优秀。但是他们总有办法让自己看起来很优秀，这样也好。我没有那么多钱去谈一场恋爱。谈钱伤感情，谈感情伤钱。我无法容忍女生付账，我更无法容忍用父母的辛苦钱为我的虚荣付账。

　　当现实很纠结的时候，我就会问自己，我能做什么？学习是改变生活唯一的方式。牧之是个很有志气的小朋友，但是他的内心太高傲了，以至于不肯踏踏实实地做事。未来有多远，路都要从脚下开始走。但也许我们是一样的吧，他想冲破平庸，我想冲破贫穷。我一直很羡慕上天赐予牧之的一切。但是上天赐予了我斗志，我已经知足了。我在女生面前不善言辞，所以事实是我唯一的自我表达的方式，誓言不如实现。我必须把自己的目光放到多年之后。时间是把杀猪刀，戳穿所有无根的爱。

　　不恋爱的另一个原因是我心中总有那个女孩——我唯一有过的女朋友。我无法理解为什么我会那么喜欢她，一喜欢就是那么多年，以至于现在想起她的时候还会觉得隐隐的刺痛。恋爱只是一种情绪，永远讲不清。我们从初二开始，因为成绩好，老师经常表扬我，所以她喜欢上了我。就是那么简单。后来因为老师的原因，我们分手了。分手的时候我并不伤心，因为我相信她是爱我的，等待算不了什么。

　　高一的时候，我找到她想要重新开始，她拒绝了。然后一个穿着美特斯邦威的男生走了过来，当时觉得很昂贵的牌子。无论是形象还是气场，在他面前我都觉得自惭形秽。但是我从来没有怀疑过，我只需要几年的时间就可以让他觉得自惭形秽。以后的每一年，这种惭愧就会更多一点。

　　真正的打击是在高二的时候，我慢慢知道了她在过着一种什么样的生活。我想了很久很久才说服自己，女生嘛，年轻的时候追求一些刺激也是应该的。我就在这里，如果有一天她累了，想要过一种安定的生活的时候，她还可以回到我的身边。现在想起来，很久以前，我就已经变成了爱情的乞丐。我从来都不是真正地原谅她了，我只是舍不得那样一段感情，只好用原谅来麻痹自己。舍不得，放不下，扔不掉。老贼说不喜欢就扔掉，但也许扔不掉就是还喜欢。

高三的每一天都很顺利，我发现活在自己熟悉的生活里是件很幸福的事情。但是熟悉的生活就是那煮死青蛙的温水，我必须强迫自己前进，每天努力学习。我从来不担心努力了却没有变优秀，我只担心优秀的人比我更努力。

考试很顺利，我和同村的老贼双双考上了K大。5000块的学费不是一笔小钱，让我体会到了一种不可推卸的责任。

和同村的老贼一起来到上海，我们被分到了同一个寝室。很快和寝室里的其他同学见了面，都是很健谈的人。在每个方面都显得很专业。中文英文掺着说，不卑不亢的语气里面透着傲慢。

在K大最初的时光过得很不开心，我发现自己是个很可怜的人。每个方面都很平庸，甚至是学习。这时候我才发现自己太多的尊严感都构筑在学习上，现在这一点也被剥夺了。

那段时间的世界好像崩塌了一样，我觉得自己不应当如此渺小。但事实却一次次地给我做着生硬的确认。来到K大才发现，原来世界上的幸运儿那么多。智慧、相貌、财富这些可以集中在一个人的身上，而且这种人还常常成群结队地出现。和他们相比，我似乎一无是处。

班级见面会的时候，辅导员让男生和女生互相聊天认识。气氛很快就欢乐起来，只有我的脸像葬礼一样肃穆，愈发衬托出我和这个世界的格格不入。我不知道应该怎样加入到这场交谈中去，哪怕是表面上的加入，让我显得不要那么异类。我东张西望，在桌子上划着道道，扳手指头，努力地给自己找点事情做。如果没有和我差不多无聊尴尬的老贼的话，也许我就疯了，原来社交是件这么痛苦的事情。班级生活的第一天，我就觉得自己低调了，边缘了。

其实人并不是赢在起点上，而是赢在转折点上。每个人的生活中都有那样的几个点，你突然就自我顿悟了，所以人应该花很多很多的时间去思考。我觉得生活不能就这样继续了，面前这条路的尽头是青春的坟墓。每个人都是一座泥偶，越年轻，泥土越湿，就越容易塑造和改变。每个人年轻的时候都是半个人渣，优秀的人格都是塑造出来的，而不是坚守出来的。我要强迫自己快乐，强迫自己开朗外向，时间

久了，这些特性会真的成为我身体的一部分吧。我相信我能
改变自己，把强迫变成习惯，习惯变成本能。

　　慢慢地我开始发现，生活并不是那么艰难的一件事情。
我多了一个自信的理由：那就是独立。我和老贼参加了学生
资助服务部，每个月100块钱。后来又在家教部接了三份家
教，每个月500块钱。这是我第一次真正感觉到了什么叫知识
就是力量。学期结束的时候我的绩点是3.7，拿到了8000块的
国家一等奖学金。从大一开始，我就再也没有花过家里一分
钱，这是我自信的理由。但是一个一直在寻找理由让自己自
信的人也是悲哀的吧。

　　我很喜欢现在的生活，每一分钱都花得毫无愧疚。在魔
都生存，让我有种胜利的快感。室友说他觉得很神奇，我的
学习时间这么少还能有这么高的绩点，我觉得很正常。大学
的时候，即使是最勤奋的学生，能不能保证自己有一半的时
间是花在学习上。大学时代的时间，不荒废每一分每一秒就
够用了，我甚至还有空闲去旁听经院的课。一个教会计的老
师说干这行的很多都是两院院士了，医院或者法院。很开心
自己能在这里坚持下来，虽然坚持下去并不是因为我坚强，
而是因为我别无选择。

浅喜欢

  大一的生活很快就在每一天的忙忙碌碌中结束。忙忙碌碌，却没有情节的生活。我和牧之不一样，他的经历勉强算得上是故事，我却仅仅是一种生活。刚来学校的时候觉得这里很漂亮，如今每天进进出出已经觉得很麻木了，这说明娶个漂亮老婆是没什么用的。

  考试忙着复习的同时还要忙着买火车票，离售票处还有一站路的时候，公交司机说去买火车票的人可以下车排队了。学期的最后室友们才开始看书，有一个人是学医的，我突然很为将来去他那里看病的病人觉得害怕。以后可能就是这么个考前突击的人给你开刀。他自己也说："他妈的我看不出来他生的是什么病啊！病人又不是照着教科书生病的。"其实他更适合去学政治吧。

  回老家的时候和老贼在县城逛了一圈，这里的房价已经要5000块了。我发现了很神奇的一点，这座小县城没有工厂没有店铺，只有一片又一片的新建的居民区。我问老贼这座城市没有农田没有工厂，他究竟在创造了什么价值。大家吃什么。老贼说，吃人啊。有房的吃没房的，先买的吃后买的。看谁买在最高点，这个过程中其他人温柔地平分他的财产。

　　情人节过了，开学还会远吗？度过了大学的第一个学期，最大的体会就是要好好选课。同样的一门课，可能在这个老师手上你认真学习拿个B，另一个老师那里随便混混得B+。有些老师天生就是老好人，无限B+，有些老师就是要挂你。有位高数老师为了纪念K大百年校庆，给了50个F，50个D，史称德芙巧克力事件。而今年，另一位高数老师给了1个A、1个B、10个C、20个D、30个F。当然给分并不是一个绝对的东西，每个老师都有自己的习惯。比如有的课只有女生和名字像女生的男生才能拿A，有的课第一排得A，第二排A-，美女A。

　　这是没有统一考试的必然结果，但是同时总体上也还是能够客观地反映出学生的学术水平。大学里，有人坏坏学习天天向上，那叫学神；有人好好学习天天向上，那叫学霸。不过一般来说，以K大学生的智商是不会出现好好学习天天向下的人的。这样的结果又会必然地导致好人好课的诞生，好人好课是限量供应的，因此会引来疯抢。

　　最早哄抢带来的结果就是屯课。我可以选上很多自己根本不准备上的课程，然后再把这些课转卖给没选上的同学。当这个市场开始有油水之后，新的产业就诞生了。那就是选课软件。某年某月软工的同学们开发了一套选课软件，售价20。因为那套软件现在已经没有用了，所以我也没有体验过。但应当就是一个外挂程序，可以自动挂在网页上搜索某门课有没有退课，然后自动帮你选进。

后来课程余量从即时释放变成了12点集中释放，这个选课产业也走到了尽头。选课也从当初的拼人品拼软件变成了拼电脑拼网速以及拼耐心。因为如果一切正常的话，学校的服务器在12点钟总是会被挤爆的，然后大家就刷新啊刷新啊。刷了很久很久，网站终于正常了。网站正常了是因为负荷降低，负荷降低是因为有人选到课走了，所以大部分人最后都是恶狠狠地指天骂地一番明天继续要刷。

可能有人会觉得我们这样做是不对的，大学不应该只看绩点，要关心自己在课堂上学到什么。可问题是我们究竟能在课堂上学到什么？

曾经上过一门鸟人鸟课，第一节课开出一串书单，光书名就讲了45分钟。如果是老外写的，还喜欢用古怪的发音把别人的名字读一下以示博学。所以很多时候，我们喜欢的仅仅是那种拿着一本书将要学习的感觉，而不是真正读一本书的感觉。

第二节课开始用赵忠祥的语气念教材，逻辑时常混乱，表意经常矛盾，思维一直写意。喜欢叫人回答问题，所以身前经常会以他为圆心空出一个半圆出来。同学回答出来的时候他脸上会瞬间出现失望的表情，然后问到你回答不出为止。点名之后教室里会突然多出一半的人，点名的时候读到沮洒洒、肖正泰这样的人名仍然面无表情。

而除此之外，有些课我们或许觉得有趣，但是结束的时候，会不会发现，那些仅仅是一些谈资而已。

所以一个大神级的学长说，我们在做两件事情，prove和improve，证明自己和提高自己。如果我很强，世界却不知道，那么我甚至无法得到一份工作。如果我看上去很猛，其实很菜。那么即使我被推到了台前，也会被人轰下去。选课就是通过更高效的prove，花尽可能短的时间把自己打扮得更强，从而把更多的时间留给improve。

很快就开始招新的事情，和老贼、文化一起站在本超门口招新。本超是K大人流量第二大的地方，最大的是本食，但是那边的地盘被团学联的人占去了。中午的时候，无数的学生开始从各个教学楼涌向这里，刻意的或者路过的。我的眼睛像筛子一样自动地筛选着人潮中的美女，这并不代表我不爱初中时曾经的女朋友了，我相信这是一种动物天性，源于

浅喜欢

我对美敏锐的感知。

要说服同学们加入资服并不是一件容易的事情。首先你要在很短的时间里讲清楚这个部门是干什么的。老贼的一句话很好地总结了资服的职能：放高利贷和督促手下的佃户好好干活。老贼说得很对。所谓的无息贷款的利息，对需要贷款的人来讲依然是太高了。

很多人在加入的时候会关注这个部门是做什么的，自己能得到什么样的锻炼。其实一个部门做什么并不重要。如果你是一个小朋友，事情永远是机械化的，程式化的。除了人际关系的处理以外不会得到太多的锻炼。如果你成为了一名经理，那么毫无疑问，你会收获很多。我一直觉得中层是个经验值最高的地方，比做老大更忙碌，更能锻炼人。

招新的时候遇到了一个很漂亮的女生，漂亮而且干净。她说自己是冲着我们的支教活动来的，填了自己的报名表格，名字叫阮明兮。从一开始我就很喜欢她，尽管我知道她值得比我好得多的男生。

老贼一直很欣赏明兮。说她有着香水一样的人格。温和、坚定。从来不会阻拦你，又无处不在地影响你。但是她对我来说，又是一个情商太高的人。对所有的人都微笑、鼓励，反而有种不真实的感觉。让我永远都无法穿过那层薄膜，了解真正的她，这是她的完美与不完美。一个几乎说不出缺点的人，看不到一点阴影，仿佛来自异界的游魂，却又是我希望自己能够成为的人。而在牧之的身上，我能看见更多人的气息，自卑而自信，理想主义又现实主义。崇尚个人奋斗，又不能脚踏实地。用浪漫主义的心态去追逐世俗的梦想。他的想法可以归结为一句话：混不好我就不回来了。而一直以来困惑我的一个问题是：什么是梦想，什么是欲望？一直到现在，我还是觉得牧之配不上她。牧之的潜力和志向现在还没有兑现。

明兮走之后马上就遇到了牧之，我一直怀疑他是不是因为明兮而报名的。那次招新是很开心的一天，我遇到了一个叫甫云的女生，她告诉我她的老家有座小岛叫神马岛。可惜甫云在面试时候的表现并不很优秀，最后没有被录取。

面试结束之后我们把报名表分成三份，肯定录取的，肯定不录取的和可以录取也可以不录取的。一个人被踢掉有很多的理由，太内向，或者太开放；太颓废或者太向上；太嗲或者太装逼；男人像女人或者女人像男人。最后还有一条，那就是尽力追求性别平衡。也许就是因为这个原因，大一时候的我可以来到资服。18岁的时候会有很多不懂事的地方，很感谢资服给了我成长的机会。

浅喜欢

"甫云这个女生要吗？我觉得她一般啦。"

"是美女唉。"

"但是感觉工作能力真的一般啦。"

"但是美女对周围男生的工作能力有加成光环的好不好。"

"老大要不要啊这个？"

"……踢掉吧。我这里有个男生，肖继军。还蛮朴实的。"

开学之后的两周是新员工的试用期，最后还会从已经录取的员工里面踢掉三个人。这是尚道公司的硬性要求，我们必须无奈地接受。如果有人主动退出的话会很好，否则踢掉很努力的新员工是件很伤感情和自尊的事情。就好像在告诉他，你是这些人中最差的一个。

大二时候的踢人并不痛苦，有两个人自动退出了，最后一个我们都不喜欢，所以做决定的时候心里好受了很多。我们不喜欢的新员工叫马济，踢掉他的原因并不是他名字像政治课。而是大部分的时候马济给我们的感觉是个太世故的人，或者说自以为圆滑的人。讲着一些漂亮却并不亲切的话，永远同意你的意见却让人感觉不到真实。当班的时候经常离开岗位，喜欢和人力资源部的人攀谈套近乎。一直到现在我也不知道人力资源部究竟是个什么样的地方。编制上似乎与我们平级，却又决定着尚道公司各个部门老大副老大的任命，所以感觉上总是比其他部门高半级的样子。马济的逾越让很多经理感到不爽，于是他被踢掉了。

和财务这样在其他地方还挂着老大头衔的牛人不同，我的工作重心是完全放在资服的。一个下午或者整个晚上都留在资服，有时候因为空闲，有时候被迫翘课。老贼也是这样，因为工作而翘课太多，最后绩点掉得差点哭出来。不过绩点太高的人确实比较容易掉哈哈。我不知道我们为什么会这样做，因为责任感还是因为归属感还是因为能力不足。所幸的是业务的事情主要集中在第一个月，办完之后我就可以回去专注于赚奖学金了。

部门营业不久就开始有水料诞生，关于牧之和明兮的。提到明兮的时候心里总是忍不住会有种酸溜溜的情绪，我承认自己也对她很有好感，再正常不过的事情了吧。现在还是喜欢，觉得牧之配不上她。也许大学时代没有什么男生真正值得她去爱，尽管她真的去爱了。女生到了社会后，会遇到很多比在学校里更优秀的男生，而男生到了社会后，很难找到比在学校里更优秀的女生。我经常会想，人一生中要遇到

浅喜欢

多少个人渣才能找到自己真正的另一半呢？

新员工的最终名单确认之后部门按例办了一次送老迎新。很多人主动报名要表演节目，跳舞、唱歌、魔术、乐器，而我什么都不会。就像那些新生杯、院系杯的篮球赛足球赛一样，我什么都不会。但是现在想起来，我有什么。我的绩点很高，我的工作做得很好，我的跑步很好。当其他人枝繁叶茂地活着的时候，我希望自己长成一棵有着粗壮树干的参天大树。

时间一天天地过去，我觉得自己的生活很充实。学习工作，吃饭睡觉，平静或者微笑。只有很少的时间因为麻木而荒废，每一分每一秒都是对得起自己的。但是叙述的时候却并没有什么东西可以写。突然想起一句话："韩剧有三宝，车祸、癌症、治不好。"难道平静的日子真的不能写在纸上吗？究竟应该用什么才能如实描述我们的生活呢？

秋游的时候看见牧之喂明兮橘子吃，喂了很久，大家都看得津津有味，很羡慕他有这样的福气。只是那种微微的惆怅在那一天欢快的大背景下被冲淡得像深海里的一滴墨水一样。那一天每个人都很开心，其实以前来过两次森林公园了，很平常的地方，这次却异常地开心。这让我觉得找个好老婆是件很重要的事情。人生就像秋游一样，既在于做什么，也在于和谁一起。如果幸运的话，我希望自己可以和一个资服一样的女子度过余生。

和老贼一起划船，身后坐着财务和内务。财务总是很喜欢损我，她是我在资服最好的异性朋友。夸你的人往往是陌生的人，损你的才是朋友。正是因为这样，明兮才常常给我一种陌生的感觉。

周二上午总是心情很好，因为有重口味的刑法课。刑法课的内容总结起来就是杀人放火强奸。上课的时候可以接触到很多的案例，那时候就有两种感觉，一个是生活高于艺术。真实案例里的机缘巧合放在小说里你都会觉得假。比如80年代的时候有个女干部，在一个很荒芜的地方走夜路，然后一个歹徒冲出来要强奸她。女干部最后还是跑掉了，跑得很累的时候看见一件屋子，就敲门进去了。开门的是一个老奶奶和她女儿。女干部说，我被一个歹徒袭击了，能不能让我躲一个晚上，那家人答应了。过了一会儿老奶奶的儿子回来了，就是那个歹徒。歹徒和女干部对视了一眼，大家心里都明白，但是什么话都没说。晚上睡觉的时候，歹徒跟他妈妈说，这个女人是我今天想强奸的，等她回去我肯定就要被抓了，所以我要杀了她。老奶奶说，好吧，记住了，她睡在外面，你妹睡里面。女干部一直睡不着，心里觉得有点不对劲，就把自己跟那人家女儿换了一个位置。然后歹徒抄着柴刀进来，把她的亲妹妹砍死了。

另一种感觉就是世界的黑暗远远超出我们的想象。有人拐卖儿童赚钱，还有人专门从事生小孩卖了赚钱的营生。老贼经常说这个世界真是肮脏，我希望有一天，我们不需要成为同谋就可以说这个世界很美好和谐。

整个下半学期都在给毕业的学生办还款。发现当初说的无息贷款，因为毕业之后要按国家标准利率付息，所以六年里面利息能滚到本金的三分之一。发现不能一次性还清贷款的学生不能出国，很多的事情都会让人觉得有点清冷的感觉。

寒假回老家过年。对我来说这是很不错的一年。当上了资服的老大，自给自足而且手头宽裕。独立真的是一种美好的感觉。

过年前最大的事情是去山上给祖宗扫墓，这次来了家族里的很多人。铲土挑担，这些事情我都还做得很利索，不像一个读书人。挑扁担是需要一点练习的，怎么卸力，怎么让负重的扁担不从肩膀上滑下来。和我同辈的大部分堂兄弟们都已经不会做了，这让我感受到时代的变化。

以前过年总是很开心，终于有肉吃，终于有新衣服穿了。如今这种感觉却少了很多很多，也许因为我在上海生活得还不错，经常聚餐蹭饭。过年过的是一种落差，和自己比，我们追求的是比过去更幸福。和别人比，我们追求的是比别人更幸福。

村里的人在放烟花，曾经很喜欢看。如今却觉得千篇一律，每家都是这样，红的一团、绿的一团、黄的一团而已。春晚开始的时候，鞭炮声都停了下来，家家都安静地回去看电视。还有些小孩，更喜欢看当天的电视剧《一起又看流星雨》。

再次开学的时候，周围很多同学都在忙着准备世博志愿者的事情，我连参加都没有参加。我知道这样不好，只是有时候会突然很安静，不想说话，只想一个人待着。五一的时候，曾经的女朋友联系我说要来上海看世博会，问我愿不愿意陪她逛。其实五一的时候我有点忙，但是再忙我都会陪她一起去的。校内里她说那就这样了，八八。我一行行地读着她对我说的话，也许她已经很好地放下，把我当成一个朋友了吧。

在学校的大门口见面，我带着她看K大的风景。我一直不理解为什么每年都有那么多的旅游团来K大旅游，从唯物主义的角度来说和考试也没什么关系。结束之后去世博园，我帮她买好了票。男生和女生在一起的时候不让女生花钱，我觉得这是一种义务，尽管我并不富有。

我对世博其实没什么兴趣，只是看到她高兴的样子，心里会觉得一丝丝的幸福。走在世博园里面，我和她之间的距离不远不近，不像恋人也不像朋友。聊天的时候我一开口便是老家的方言，她却用普通话来回答我。也许这就是放下过去和放不下过去的区别吧。

无论如何，一天结束的时候，总觉得感情亲近了很多。夜幕下城市的灯光总是给人一种旖旎的感觉，走向出口的时候我们的前方有几对情侣手拉着手，这让我也产生了一种挽住她手的冲动。大约两分钟的时间里我一直在模拟我拉住她的手之后的反应：转身抱着我说这么多年来我好想你啊或者扭捏几下之后默不作声地一起往前走或者一把甩掉我大叫一声非礼啊。最后我拉住了她的手，而她一把甩开，只是没有喊出非礼而已。

之后的时间变得很尴尬，我们保持着一定的距离往外走。不冷不热地聊了几句，很快就安静了下来。我不想说什么话，只是随着她的步子往外走。终于走到出口的时候她突然满脸微笑地往前奔去。跑到两个男人面前，很热情地聊天。站在远处，嘈杂的背景下听不清他们在说什么，只能看见她脸上绽放出来的笑容。然后她转过身来看了看我，又看了看他们，目光有些犹疑地冲我招了招手让我过去。

其实我从来没有去过酒吧，但是在她面前，我没有离开的理由。四个人一起去酒吧，我的心情已经很不好了。酒吧里面很吵，我无法理解为什么他们要选择这样的生活方式。所有的人都HIGH的样子，除了我之外。看着她，我没有什么想说的话。也许因为热，也许因为酒精，她的脸红扑扑的。接着那个男人走了过来，伸手拉她胸罩的带子。不等我有任何反应，她就媚笑着耸起一边的肩膀去迎合。

那个时刻我的表现让我知道自己骨子里其实是个软弱的人。我咬了自己的嘴唇，用力握了握酒杯，然后转身走了。没有做任何伤害他们的事情。小时候因为不知道什么事情和同伴打架的我已经不在了，经过十几年的教育，顶着优等生的光环，我一步步地把自己掩埋在懦弱里。

走的时候看了他们最后一眼。两个男生神采飞扬，每个

浅喜欢

人都很有能力的样子。我一直有个问题埋在心底：你凭什么自信？

坐车回学校，心中一片混乱，路上的红绿灯都变成了她的脸，这样喜欢过一个人也许是一种缘分。很多女生可以让我上眼，唯独她让我上心，唯独她让我伤心。买了几瓶啤酒一个人去KTV唱歌。听那些悲伤的情歌，以往他们映在我脑海里只是那些旋律，那天听到的歌词却永远雕刻在我的心头：

> 那温热的牛奶瓶在我手中握紧，
> 有你在的地方，我总感觉很窝心。
> 日子像旋转木马，在脑海里转不停。
> 出现那些你对我好的场景。
> 你说过牵了手就算约定。
> 但亲爱的那并不是爱情。
> 就像精灵住错了森林，
> 那爱情错得很透明。
>
> 十年之前，你不认识我，我不属于你。
> 我们还是一样陪在一个陌生人左右

走过渐渐熟悉的街头

十年之后

我们是朋友还可以问候

只是那种温柔

再也找不到拥抱的理由

情人最后难免沦为朋友

唱着唱着，忍不住哭了出来。从那天开始，她的名字对我来说就是一把匕首。

寝室里只有我一个人，老贼和其他两个人回老家去了。深夜的时候还是在痛苦中难以入睡，忍不住打开电脑上人人，想找个人倾诉一下。半夜一点钟的时候发了一条伤心的状态，没想到第一时间就有人回复了。成悦问我怎么了，我说失恋了，然后跟她讲和初恋在一起的故事。正在聊的时候她打电话过来安慰我。那时候才发现原来我在资服遇到了这么多的好女生，自己却常常牵挂着一个伤害我的人。电话里我稀里糊涂地向成悦告白了，也许是因为酒喝多了缘故，说了什么自己已经记不起来了。只记得心里充斥着伤感、感动、后悔、悲痛、喜欢、愤怒、失望。现在想起来，成悦对

浅喜欢

我的拒绝是明智的，我对她并不是一种纯粹的喜欢，而是那么多感情混合在一起的一种冲动。也许和成悦在一起，我不会幸福的，尽管她是一个好孩子。

在成悦的拒绝和安慰中我挂掉了手机，心里觉得更伤心了。很混乱的夜晚，我的脑子里不停地翻腾着一个问题：为什么她们不喜欢我？

在感情上我是个低能，这是我很早就认识到并且一步步被强化的概念。我只能用自己的，男性的思维方式来思考问题。我是个优秀的人吗？似乎……我觉得……我好像……是优秀的。内心里似乎的确这样觉得。仅仅在大学刚开学的时候动摇过。我自卑吗？我清楚地感觉到我的内心深处有种无法表达的自卑。自卑，所以我才那么努力地让自己去符合优秀的外在标准，才那么努力地想去做一些不同凡响的事情。自卑，所以我才去寻找自信。甚至可能是这种自卑孕育了我自我保护一般的自以为是。

我是个好人吗？应该……是的吧。和牧之喝酒的时候说过的话：这么多年，我一直知道她在过着一种什么样的生活。女孩子嘛，追求一点刺激也是应该的。但是我希望，有一天她累了，想要过一种安定的生活的时候，她还可以回到我的身边。我从来没有怀疑过，未来我儿子的妈妈，我孙子的奶奶是她。说这句话的时候我是真心的，那么应该也算个好人吧。

听小鸡鸡讲过胡天忻的事情，也许爱情的价值观和我的价值观是不一样的。我的思维很混乱，原谅我讲不清楚一个我还没想清楚的事情。我也不知道自己究竟要表达什么，只是一种浸透在悲伤里随着时间前进的情绪。

如果成悦选择了我，她究竟会得到什么？优裕的生活？我给不了，她也不缺少。体贴关心？也许她很需要。但是很多时候我的内心是冰冷的。至少，不够火热。

如果我有一个女朋友，她会得到一种什么样的生活？毕业的时候，我一无所有。以我在学校里的表现，也许可以在上海法律界艰难的就业背景下谋到一份职位。用微薄的收入和她一起在城市的角落里为生存忙碌。也许一生也买不起一套像样的房子。没有钱，也不知道如何浪漫。也许会生一个小孩，爸爸对他来说却并不是一种荣耀。三四十岁的时候，如果顺利的话，我终于熬出头了。而我的妻子，已经丢失了她最美丽的年华。选择我，是为了这样一种生活吗？我作为全省的高考前100名，在这里努力地养活自己，在K大依旧保持着绩点的前十，混到一个社团的老大，仅仅配得上这样的结局吗？

浅喜欢

想起家人们，我也许应该觉得满足。但是我不满足，我的生活配不上我的努力。也许这是社会的悲哀，可是社会的悲哀最后却要由我来承担。

十年之前，我一直被灌输着一个信念，那就是：读书改变命运。十年之后的今天，这个信念逐渐地动摇成一个疑问：读书能改变多少命运？

回老家的时候遇到两个以前的兄弟，甲和乙。甲去了职校，乙经过不懈的努力上了一个二本的大学。乙很开心，高考的时候，他觉得自己赢了。现在的甲在工厂工作，每年40000块钱。现在的乙找不到工作。如果有一家单位愿意给他2000块的月薪的话，他会非常非常开心。

也许十年之后，甲的工资涨到了50000块每年，而乙的年收入有60000块，也就是5000块每月。问题并不在于读书有没有改变命运，而是读书在多大程度上改变了命运。读书的性价比是不是太低了？也许我们即将面对一个事实，低层次的脑力劳动和体力劳动之间的差距已经很小了。所谓的中产阶级们将面对一种新的生活：一方面与富人之间的贫富差距越来越大，另一方面与穷人之间的差距越来越小。同时还要忍受更高的自我期望带来的痛苦。政治学原理的课堂上，老师给我们讲了纺锤形的社会形态。百分之十的富人，百分之十的穷人以及百分之八十的中产。而我们也许会产生一个葫芦形的社会形态，百分之五的富人和百分之九十五的其他人。

事实上，这是社会的一种进步。富人越来越富，穷人也越来越富，唯有中产阶级原地踏步。但并不是中产阶级被牺牲了，也许只是之前的一段时间里面这个以知识分子为主体的阶层被高估了。而如今他们对社会的贡献与一度被给予的重视是不相匹配的。读书有多大用？这是个很纠结的问题。当然我们的DNA本来就是纠结的。

也许我很久很久都会孤身一人，然后和另一个仓促的女生仓促地结婚。在我最好的时光里，我却消费不起爱情。但是我又能做什么？我什么都做不了。室友总是抱怨这个抱怨那个，有什么用呢？有些事情大家并不是不知道，只是说太多遍就没意思了，难道你能代表月亮消灭一切？

伤心的五月终于过去，学业也渐渐紧张起来。同样令人纠结的是我要离开资服了。散伙饭的日子是我当年对初恋表白的日子，我把这一天存在手机的日历里面。本来已经忘记了，但是手机滴滴的提醒声让我一整天都高兴不起来。删掉这个提醒之后开始一个人无聊地玩手机，我的手机里有她的

浅喜欢

照片，我在那个相册里还存了很多美女的图片，以为这样就可以在比较中忘记她。但我还是忘不掉。每次都会在她的那一页停留最长的时间，让心跳像丧钟一样长鸣。我偷偷地问自己，如果有一天她发现自己无法生活了，想要回到我的身边的时候。我会接纳她吗？会吗？

也许？

会吧。

这是我的答案，我真是犯贱啊。生活真的很奇怪，那么容易就忘掉自己想记住的事情，却总是忘不掉想忘掉的事情。老贼对我说，忘记是不需要努力的。我希望自己有一天能够体会。而现在依然觉得很痛苦。也许每个人都很痛苦，每个人的心中都燃烧着一团欲望，欲望没有满足的时候痛苦，欲望满足之后无聊。生活就在痛苦和无聊之间摇摆。而所谓幸福，只是欲望的暂停。哎，人年轻的时候是不是经常这样。明明什么都没有看透，却偏偏都是一副看透一切的样子。

因为心情不好，我没有去吃散伙饭，和老贼找了一个地方喝闷酒。后来老贼去找牧之，他们的关系很好。过了一会儿先到的却是小鸡鸡，说牧之过会才能过来。我知道小鸡鸡这学期失恋了，所以给他讲自己的故事。小鸡鸡也告诉了我关于他失恋的细节。

听完小鸡鸡的失恋故事觉得心里好受了一点。其实认真想一想，杨青珊并没有做错什么。一份幸福摆在她的面前的时候，她难道没有权利去接受。如果她和小鸡鸡之间真的只有一个人能够幸福的话，她选择了自己，这是无可厚非的。作为一个男生，再大的痛苦也要自己承受，而不是哭哭啼啼地把矛头指向别人。

小鸡鸡差不多要喝醉的时候，牧之过来了。嘴角带着淡淡的笑意，真的很羡慕他的生活。那天晚上拼命地喝，我想知道一次醉酒是什么感觉。在麻木或者迷乱中结束一段感情。一定讲了很多的胡话，现在已经记不起来了。早上醒来的时候肚子很不舒服，我决定以后再也不这样糟蹋自己了。

那天小鸡鸡说不想再恋爱了，我想我比他更有可能过上这种生活。真的不恋爱了吗？若干年之后回头看看自己的大学生活的时候，会不会把他总结成这样一句话：我的青春被狗啃了。

现在想起过去的事情，心中已经平静了很多。我一直像理解婚姻一样去理解爱情。而婚姻和爱情差了太多太多。嫁给一个人有很多理由：你人品好，你脾气好，你父母好，你

浅喜欢

工作好，你房子好，你车子好，你对我好……里面唯一没有的是我爱你。而和一个人恋爱却简单了太多，哪怕你人品不好，你家境不好，你没房没车脾气差只会装逼，只要我爱你就可以了。我应当理解他们的生活方式：用清澈的心情，去喜欢一个不属于将来的人。

第二天是学校的毕业典礼，学长们穿着学士服都高兴得活蹦乱跳。他们有些人去了律所，有些人做了公务员，有些人继续读研。明年我也会这样吧。而未来，我希望自己不会慢慢成长为我年轻的时候最憎恨的某一种人。

毕业典礼上，有人对校长说："还是装空调吧。虽然我已经毕业了，但是我爱学妹啊。"

学校的空调最终还是没有装上，于是据说附近L大11届的女生终于超越了男生。看到有同学发状态说：这是个历史性的时刻。这一刻一定会被载入史册，为无数先烈和后人所铭记。就在这一天，L大新生中的女生数量超过了男生，就在这一天，L大猥琐男们的春天来临。观众盆友们，这一刻我太激动了，感谢K大，感谢格力电器。

学长们嘴里常年念念叨叨的学妹们终究还要在后面的时间里过着没有空调的日子。老贼说虽然我们张口学妹闭口学妹，但是大部分的学长们心里其实都装着一个追不到的学姐，其实可能是一群追不到的学姐。

又是一个新的学期，再一次拿到了国家一等奖学金。但是这些都抵不过离开资服的悲伤。牧之他们军训的时候我和老贼一起去兰溪慰问，履行对资服最后的责任。从那之后，生活越发地成为一种生活，而缺少可以回忆的故事了。离开资服之后和女生几乎没有接触，似乎之后的时间里对女性说过的最多的一句话真的是："三两饭"和"阿姨好。"而听女性说得最多的一句话是："欢迎拨打上海10086。"

法学学起来很累。但是既然已经走上了这条路，就没有回头的理由。世界上没有几条路是平坦的，平坦的也不会对我们开放。自己选择的路，跪着也要走完。

番外老贼篇

　　我叫吴鹏，K大数学系大三学生。老贼是我大学里的名字，很适合我，尽管除了蚊子之外，他们没有人知道我的过去。而想起过去的我，连自己都觉得厌恶。

　　我出生在一个普通的农民家庭，父母常年在外打工，而我则是一个留守儿童。初中的时候我是一个很乖很乖的孩子，乖并且懦弱。被人欺负的时候，连还嘴的勇气都没有。我同样厌恶那时候的自己。

　　我的成绩很好，初二下半学期的时候，我有了第一个女朋友。起初应该是她追的我吧，她喜欢找我的兄弟聊天，有时候我会过来，那个时候她就会完全无视我兄弟，对着我不停地说啊说。她很漂亮，属于所谓的校花。我能体会到她的感情，但是马上初三了，我不准备多做什么。

后来她开始给我打电话，起初并没有表白，就是不停地说些乱七八糟的事情。然后自然而然地就在一起了。

因为她很爱玩，所以我也试着改变自己。陪她去唱歌，陪她去台球厅，陪她去所有的地方。其实那些酒精，那些震耳欲聋的旋律，那些味道，都不能给我带来一点刺激。我所要的只是和她在一起。

第一次被打是因为她的缘故。我们在台球厅的时候，我打了一个电话。然后就看见她在另一个桌和一群当地的流氓混在一起。

我走过去问她说："你在这里干嘛？"她说认识的朋友，一块玩玩。带她走的时候我在远处低声对她说："你实在要这样也就算了，不要跟这些乐瑟混在一起。"也许因为激动，我的声音很颤抖，根本控制不住自己。我的喉咙有些哽咽，有时候发不出声音，然后用点力又会很响。几个混混从后面把我一把拉回来，扇了一个巴掌说："你他妈什么意思？"

那是一种痛苦的感觉。习惯性的懦弱和女朋友面前男性的自尊交织在一起，让我无所适从。如果时间停止，那么我一定会很尴尬。幸好其他几个人跟了过来，不给我任何机会，就把我拖到外面暴打了一顿。被人群殴并没有想象中的

浅喜欢

那么痛，我所能感知的仅仅是自己内心的撕裂。我闭着眼睛，似乎有人朝我的脸上吐了一口唾沫，然后又和泥土混在一起。起来的时候全身都是伤，青一块紫一块，而她也已经不在。

那年初三，学校没有宿舍，家里又太远。于是我便租了亲戚的一间房子，一个人住在那里。爷爷奶奶一把岁数了，身体也不好，我已经15岁了，应当自己照顾自己。幸亏当时是暑假，在那里躺很久也不会有人看到。很多事情，没有别人在场，心里就会好受很多，孤独胜过安慰。

第二天的时候她过来看我，坐在我的床边。我只穿了一条内裤，满身都是伤痕。我对她说，如果你喜欢这样，我们就分手吧。她的眼睛红红的，过了很久，她哭着说不要。几天之后开学，我开始对她很好很好。她也很开心，我可以从她的眼睛里面看得出来。那两周的时间就像蜜月一样幸福。我付出了自己最大的努力，时间、金钱还有心情。而她也真的没有和其他男生有什么瓜葛。可惜仅仅是两周而已。

两周之后，我又一次看到她和流氓们暧昧地混在一起。我装着没有看到。虽然嘴上很硬，但其实真正放不下的人是我。爱情让人懦弱，而我不希望她走。但是那一幕一天又一天地重复，直到我也无法忍受，于是我们真的分手了。我象征性地给她自由，因为她早已自由了。没有什么可以怪罪的。我们都尽力了。当一个女孩哭的时候，我相信她是真的愿意努力改变自己。只是这样都无法改变，那还能说什么呢？

因为她的缘故，我被人打过三次。很多时候，有些事情是由不得你去选择的。她就在你的身边，明明是个火坑，你也甘愿往里跳。有人说我的骨骼很硬，耐打。我觉得他说得很对。这种经历对我的个性有了很大的帮助。不那么懦弱了。我还能害怕什么呢？最多就这样了。

因为这件事情，我的成绩退步得很厉害。中考的时候只进了一个二流的高中。其实主要是英语实在考得很差和心情实在很差，我了解自己的智力水平。但至少和她分开了，我相信一切都会干干净净地结束，然后有个干干净净地开始。

开学一个月之后，我接到了一个电话，她打过来的。她说我们在一起吧。我说不可能。第二天她又打电话过来，她说吴鹏你给我出来，我叫了一群人来打你。那时候我的感觉是，她只是用这个来威胁我和她复合。所以我说："好啊。那我出来。"

在校门外的一条路上看到她，我在这边，她在那边。我清冷如初，她却浓妆艳抹。我们这样面对面地站着，我几乎

有一种想哭的冲动。曾经那么喜欢的女生，如今给我的感觉
却更像一个小姐。

她问我复合好吗？我说那不可能。她说去体育场吧，那
边有人等你。我说好。

等在体育场的只有一个人，是她的男朋友。蓬乱的头
发，长长的耳钉。我看了她一眼，不知道该说什么。这些就
是让你无法自制要离开我的人吗？

看到我过来，那个男的从包里抽出一把砍刀在手里转。
他说就是你欺负我女朋友是吧。我听了觉得很好笑，我说
是，你来砍我呀。当时的心情很复杂。第一我知道解释没有
用。第二我在她面前不能懦弱。第三有人跟我说过这种拿砍
刀的流氓是最没出息的，不敢真的动手。第四我忍不住觉得
很害怕。那个时刻我发现自己原来可以如此清醒，似乎连心
跳都可以控制。

我的话让他一下没有准备，他屌兮兮地冲我说："你先
把事情说清楚。"但是我能听出那种赤裸裸的懦弱。

我们离得很近，我故意歪了一下头看了一眼他的身后，
他看了我的样子也扭头去看。其实那里什么都没有。我知道
这是我唯一的机会。就在他回头的瞬间，我一拳打在他的下
颚上。我是左撇子，所以那个方向可以让我很顺手地打上力

量，那一拳的感觉我永远记得。说得文艺一点，那一拳里面带着情感。现在的我比当时强壮很多，但是我再也没有一次能打出那么大的力量。他跟跟跄跄地往后退了好多步，刀也落在地上。我追过去骑在他身上发疯一样地打。把他的头摁在石头上，一下两下三下四下……是的。真他妈爽。

离开的时候她怔怔地看着我，我对着她吼着说："你就是为了这种人要走的吗？！"

回到学校之后心里一直觉得很爽，我体验到了一种做流氓的快感。无论我有多么懦弱，暴力的因子还是流淌在每个人的血液里面。我的高中是一所有着流氓传统的学校。6000个学生里面有3000多个男的。其中有2000人觉得自己是在道上混的。很快就自发地产生了那种自以为是黑社会的组织，各自取了一些很黑社会的名字。

生活是个很神奇的东西，一直那么懦弱的我，在一个新的地方竟然能混成一个组织的老大。一方面是因为我骨骼坚硬能打，另一方面因为我成绩好。其实流氓也是尊重文化的。我是班上的学习委员，还有一堆社团的社长。属于两道通吃的人物。

一个月之后我又接到了她的电话。她说你复不复合。我说不复合。她说你是几班的，我要带人在你班上打你。几天之后她真的带了七八个人过来，我说马上放学了，你们到学校操场等我。

　　他们在学校操场等到的是我和四十号男生。那边七八个人的脸刷的一下就白了。我不得不承认，这种生活有时候的确是让人很有快感的，当然只是有时。我把他们逼到一个角落里面。我说："你们谁是老大。"没有人回答。我说："你们谁是老大！"还是没有人回答。他们连互相看的勇气都没有。我把第一个人踹翻在地上，"谁是老大？！"那人倒在地上不敢说话。这时候一个人哆哆嗦嗦地站起来说："我是老大。"

　　"我可以叫人吗？"他说。

　　"你不可以叫人。"我说。

　　其实必须承认，当她坐在旁边看着我做这些的时候，我的心里很有成就感，尽管我已经讨厌她了。事情的最后是我们把那七八个人围在中间踩，他们连还手的勇气都没有。一个人哭着说："不要踩了。耳朵都烂了。"我过去看了一眼，的确烂了。但是我说："你不要叫。再叫我把你耳朵撕下来。"这不是一句威胁。我相信，那个时候的那只耳朵，的确是一撕就会下来的。

　　想起当时，现在觉得很后悔。高一高二的时候，我的手有些太黑了。最初是可以理解的自我保护，最后，我变成了一个纯粹的坏人，在那条道上越走越深。

踩到一半的时候班主任过来了，她说吴鹏你怎么在学校打架？我说是他们先要来打我。其实说什么都已经没有用了。这所破学校虽然乱，但是对在校内大规模群殴的事情还是不能容忍的。学生出去爱怎么打怎么打。在学校里就几十号人群殴，学校面子上实在过不去。

办公室里面班主任对我说，你这件事情要退学处理，我说能不能不要这样。这样退学我以后还能去哪念书。我一辈子就毁了，没有学校肯要我。她说好，看在你对学校社团有这么大的贡献，我先不报给校长。你把你爸妈叫过来，我们尽量在年级内部处理。

爸爸从北京赶回来之后在老师面前说了很多软话。那种感觉让我觉得很伤心很伤心，每个男人都有自尊，但总有那么一个理由让他们放弃自尊。比如我为了她，爸爸为了我。我自己找到老师说，算我求你了，你让我干什么都行，千万不要开除我，让我爸回北京吧。老师说那好吧，先留校察看一个月。

从这一点上看我是个很幸运的人。三天之后我就站到了学校的主席台上，不是被开除，而是我拿了一个数学竞赛的

浅喜欢

一等奖。这所破学校终于有机会骑到其他重点高中的头上风光一把。校长觉得自己领导有方，老师觉得自己教学得法。其实我觉得这还是个脑子的问题。从那之后我又不断地参加竞赛得奖，数学、物理、化学和作文。学校发现我的价值之后当然舍不得我走。对所有的事情都睁一只眼闭一只眼。当然最后反而加重了我的罪孽。

搞清楚学校的态度后，我越来越放纵自己。带着人在学校里面打，在外面跟小混混打。看谁不顺眼就摁在地上打。有时候追着别人打，有时候被别人提着扳手在后面追。大概一年多的时间里面，有二十多个人被我打得送到医院，还有六七个人被我打得退学。我有了很多仇家，每天出门可以不带笔但不能不带匕首。我们一起抽烟喝酒去网吧去唱歌一起荒废时光。其实这些事情并不能给我带来一点点的快感和刺激，仅仅是毁坏我的身体。但是我已经无法离开了。外面那么多仇家，离开了这个集体，我不知道自己哪天就被人捅了。

高二上半学期的时候打过一个人叫黑子，是他先惹的事，但是我下手很重，把他挤在一个洗拖把的池子边上打。最后我说算了，再打要出人命了。黑子后来找了高三的人回来找场子。当时在外面，我们六十多个人被快两百人围在一起，我知道这次跑不掉了。我对他们的老大说，我就是吴鹏，你想怎么的就怎么的吧，你把我杀了都行。放我的兄弟走吧，我当然也怕死。但是作为老大，我要对自己的人负责。利弊权衡，谁都会这么说的。

我的话让那边的老大觉得很诧异，他说你很讲义气。他说这样，我也是别人找来的。你去那边跟他们说，就说你被我打了。这件事情就这么算了。

后来这件事情真的就这么算了。我塞给了那个老大300块钱，他说不要，但是我知道他想要，最后他推辞了几下还是收了。在那层似乎很酷的黑道的面纱下，我们都还只是要糖吃的小屁孩而已。我其实是个运气很好的人。

回去之后这件事情让我觉得很后怕，出来混的，迟早都要还的。那是我第一次很认真地想到要收手不干了。

高二下半学期的时候我遇到了自己现在的女朋友，特别可爱的女生。我对她表白的时候她说，你能不能不要再打架了。我说不打架怎么保护你。她说你以为你会打架就能保护我吗？你准备一辈子都打架吗？你大学了还准备打架吗？你走上社会了就靠打架生活吗？那时候你靠什么保护我？我说这已经由不得我了，走到这一步，不打架就要被别人打。她说没事，我哥是个很黑的人。有时候会觉得很搞笑，一家怎么生了这么一对兄妹。我说好。

　　三天之后我请兄弟们出去喝酒，喝到一半的时候，我说："咱们散了吧。"所有的目光都集中在我的身上。我又重复了一次："咱们散了吧。"老二问我为什么。我说马上高三了，我们真的准备这样干到大学吗？老二说你是不是怕了。我摸了摸自己的手臂，我的身上有十几处疤。我看上去不像是胆小的人，但其实我还是怕了。和她在一起让我又一次感觉到，我的性命是有价值的，是需要珍惜的。在这条道上混，除非一直能赢，否则不知道哪天就被人捅了。运气好一命呜呼，运气不好一辈子残疾。我真的是怕了，我怕再也见不到她。

　　我说对，我是怕了。你们也为自己想想。说前程觉得太远，至少要给自己找条后路吧。你们准备一辈子打架吗？如果不是，那么我们还有一年的时间，好好学习，混进一个大学，以后有口能见人的饭吃。

　　那天的气氛闹得很僵，大家的心情都不好。我知道他们觉得我看不起他们，其实没有。我坐在那里一口口地喝酒，满脑子都是我们在一起的时候的样子。出生入死，但其实那些生死都是我们自找的。

　　那之后生活平静了好多，也没有人把我退帮的事情在外面宣扬。高三的时候和女朋友在食堂吃饭，一个人跑过来插队。我说你这人怎么不排队呢。他说不想排。我说你不排队还这么理直气壮。这时候旁边两个人靠过来说："什么事？"一看就知道是一伙的。我的手已经握成了拳头。我说好，我女朋友在这。我不想吓到她。你叫什么名字，几班的？

吃饭的时候女朋友不停地对我说，算了算了，不要再去惹事了，插个队没什么的。我说嗯，没事的，我不会放在心上。看着她的样子，我不知道自己的心会变得有这么柔软。她所做的这一切，都是因为害怕我受到伤害。在很久之前，她还不是我女朋友的时候就已经这样了。那次我用手臂去挡一根砸下来的木棍。我都以为自己要骨裂了，没想到最后居然没什么事情，而她看到之后忍不住哭了出来。那时候我想，如果她愿意的话，我就和她过一辈子吧。

吃完之后女友一直陪在我的身边，怕我出去惹事。但我还是找了一个机会溜了出来。跑到那人的教室门口，我说我是吴鹏，某某某你给我出来。其实我在学校里是很有名的人，只是这些高一学生还不认得我的脸而已。那人在我面前开始变得很软，一遍遍地问："你看这事怎么解决。"我说算了，女朋友不想我打人，你们在全班面前给我道个歉吧。

浅喜欢

　　高三大部分时间都在学习，读的唯一一本小说是关于黑道的，觉得很假，作者一看就知道是没混过的。一会儿就端着冲锋枪上街了，一会儿就威压省长了，但是点击量还很高。我只能说，一个弱智的作者背后还有群更弱智的读者。许多小说仅仅是用来安慰别人的，是个一厢情愿的东西，这就是作品和作者的悲凉所在。

　　五月底，我以为自己大概就会这样，安安静静地迎来高考，然后离开这个地方。晚上我接到同桌的电话，说在KTV被人欺负了。电话打到这里，我已经没有拒绝的理由，我只能硬着头皮一个人过去。让头皮发硬的东西，就是义气。

　　推开包厢门的时候，我差点被吓得尿裤子。整整一屋子的人，他们的老大光着膀子坐在中间。我给他们一人递了一支烟，手都在发抖。觉得自己做的孽终于是要还了。我对老大说："我叫吴鹏。"

　　"没听说过。"

　　我问他这事情怎么解决，他说要看你表现。他说我敢一个人来，很讲义气。愿不愿意以后跟他混。我说我已经洗手不干了。他说那这样，我们打你半个小时，你如果能自己走出去，我就算了。我说这样不行，我扛不住。

　　"我能不能先去上个厕所？"

"你想逃？"

"我既然一个人来了，就不会一个人回去。你可以派人跟着我。"

他的人守在门外，我进了厕所的包厢。然后我打了110。警察局和KTV在一条街上，5分钟之后警察就过来把他们带走了。这个解决方案虽然不精彩，但是救了我的命。生活不是小说。

临走的时候那个老大对我说，我记住你了，你很有脑子，以后我们还会再见面的。我说你会不会来找我麻烦，他说那要看我这次蹲多久。时间长的话我就打你一顿，时间短的话我们可能还会一起喝喝酒。

警察对我说，以后不要这样，义气算个屁呀，你以后就懂了。我觉得很可爱，自己高中打打杀杀三年，最后听到的一句话是：义气算个屁呀。最后一件事情的解决方案是报警。

高考的时候我考上了K大的数学系，女友提前去了苏州。坐在去上海的火车上，我觉得世界好小。天涯咫尺。车上遇到一个不算老也不算年轻的人。听说我是学生之后，他开始教育我关于社会上的事情。用深沉的语气，讲着毫无新意的内容。我故意问他，你在上海一定混得很好吧。他说一

浅喜欢

般。我说你什么工作？他的眼神退避了一下说，我在写字楼里办公。从他的性格他的语气他的穿着，我知道那是一份极度平常甚至说不出口的工作。我说你今年几岁。他又退避了一下说20多。

他很快感觉到了我言语里的排斥，于是他问我："你在哪读书？"我说K大。他一个瞬间找不到嘲笑的理由。顿了一下又说："你们现在考大学简单啊。你们只要考五门是吧？我们70年代高考的时候，那时候什么都要考。"我说其实考几门都一样，你是在和你们那时候的人竞争，不是你考十门我考五门。你考十门别人也考十门，考一百门都是公平的。

他说也是，但是现在扩招得厉害，他们那时候考大学才不容易。我问他读的是什么大学。他说沈阳的一个大学。我说其实扩招对学生的影响不大。学校多了，学生也多了。竞争压力变大了，但是最好的大学没有变多。学生人数可以增长十倍，大学数量可以增长十倍，但是最好的大学永远还是那几所。考好大学究竟是变难了还是简单了？

我看着他的眼睛，他只是一个喜欢重复别人论调的人。我问他，你们70年代高考的时候。你不是20多岁吗？怎么会是70年代高考。他说你这样很不礼貌。不要那么追问别人的年龄，我70年代高考最多也就40岁了怎么样啦。

　　我知道他说得对。第一，他最多40岁，最少也30岁了。第二，我的确很不礼貌，我以前比现在更不礼貌。第三我发现时间在人的生命中是个很重要的东西。他为什么要告诉我他今年20多。因为三十而立。

　　这个词里有两个部分，时间和事业。我们经常要问自己三个问题：我今年几岁？我做了些什么？我凭什么自信？